Renier-Fréduman Mundil

Die Insel der Figuren

Kinder- und Jugendroman

Renier-Fréduman Mundil

Die Insel der Figuren

Kinder- und Jugendroman

Impressum

Bibliografische Information der Deutschen Nationalbibliothek:
Die Deutsche Nationalbibliothek verzeichnet diese Publikation in der Deutschen Nationalbibliografie; detaillierte bibliografische Daten sind im Internet über http://dnb.dnb.de abrufbar.

© 2024 Renier-Fréduman Mundil
        Viola Hartmann
Covergestaltung: Dan Winkler

Herstellung und Verlag: BoD – Books on Demand, Norderstedt

ISBN: 978-3-7583-7478-4

Für

Tali

Unsere wundervolle Tochter

Eine Bereicherung in unserem Leben.

Vorwort

Renier-Fréduman Mundil (Pseudonym) ist seit 40 Jahren Arzt, der jetzt zum Ende seines Berufslebens ein verstaubtes Manuskript aus der vollgestopften Schreibtischschublade hervorgezogen hat, das seine Frau anschließend mit dem sauber geputzten und frisch gebügelten Kostüm eines alten Buchdeckels angezogen hat, damit es ein wenig wie Pinocchio selbst durch diese seltsam gewordene Welt spazieren kann.

Mundil ist seit 42 Jahren verheiratet und hat 23 Kinder (nicht erschrecken, es sind 4 eigene, 4 Schwiegerkinder und 15 Enkelkinder).
Manche dieser verstaubten Manuskripte entstanden aus dem uralten, einfachen Perpetuum-mobile Grund:

Es war einmal ein Mann, der hatte 24 Kinder, die 24 Kinder sprachen: „Vater, erzähl uns eine Geschichte!" Da fing der Vater an: Es war einmal ein Mann, der hatte...

Ein kleines Mädchen in Japan bekommt zum Geburtstag von ihrem Vater eine Puppe geschenkt. Als das Mädchen älter ist, wird die Puppe in einem kleinen Boot auf die Wellen des

Meeres gesetzt. Offensichtlich eine Tradition, um den Übergang zu einem neuen Lebensabschnitt ins Erwachsenenalter einzuläuten. Der Bruder des Mädchens ist bei dieser Verabschiedung der Puppe zugegen, plötzlich stürzt er in die Wellen, um der Puppe seinen Löwen als weiteren Begleiter ins Boot zu stellen. Das schafft er noch, verschwindet dann aber für immer im dunklen Meer.

Einige Zeit später reist ein anderes Mädchen ihrer verschwundenen Puppe hinterher, eine spannende abenteuerliche Reise mit einem ungewöhnlichen überraschenden Ende beginnt.

1.

Mister Yomoto lebte im Land des Lächelns. Alles in diesem Land lächelte, die Sonne, der Himmel, die Blumen, sogar die grauen Steine. Weil die Natur lächelte, fiel es auch den Menschen leichter, zu lächeln. Selbst in traurigen Augenblicken kam es vor, dass die Gesichter der Menschen von einem feinen Lächeln überzogen wurden anstatt sich in Tränen aufzulösen.
Eines Tages ging Mister Yomoto ins Krankenhaus. Weil er immer lächelte, war es nicht zu erraten, ob er aus einem traurigen oder einem fröhlichen Anlass ins Krankenhaus ging.

Ich will ihn einmal fragen.
   Mister Yomoto, warum lächeln Sie?
Der kleine Mann drehte sich um. Aber er sah niemanden.
   Wer spricht mit mir? dachte er und lief weiter.
Mister Yomoto hatte uns nicht gesehen. Es ist kein Wunder, denn er lebte bereits vor hundert Jahren, wir leben jetzt.

Später traf ich ihn noch einmal. Und er hat mir erlaubt, seine Geschichte zu erzählen, die eigentlich die Geschichte seiner Tochter Imito ist. An diesem Tag ging er nämlich ins Krankenhaus, weil er Vater geworden war. Seine Frau hatte ein kleines Mädchen bekommen. Es dauerte nur wenige Augenblicke, da war die Kleine Imito bereits zwei Jahre alt. Sie konnte stehen und laufen und einige Wörter sprechen.

Unsere Tochter ist alt genug für eine Puppe, dachte Mister Yomoto.

Ihm war eingefallen, dass seine Tochter in drei Tagen wieder Geburtstag hatte.

Er setzte sich ins Auto und fuhr in die Stadt. Puppen-geschäfte gibt es viel seltener als Lebensmittelgeschäfte oder Friseurläden. Mister Yomoto musste lange suchen, bis er einen Puppenladen gefunden hatte. Der Laden lag am Rande der Stadt, abseits der großen Straßen in einer engen Gasse.

Mister Yomoto trat ein, die Ladenglocke läutete. Nach einer Weile hörte er schlürfende Schritte. Der Wandvorhang öffnete sich und eine alte Frau kam mit kurzen, tippelnden Schritten in den Raum.

Was darf es sein, mein Herr?

Ich suche nach einer Puppe. Für meine Tochter, müssen Sie wissen. Sie wird morgen drei Jahre alt.

Die alte Frau führte Mister Yomoto in einen Nebenraum. Auf kleinen Sesseln und winzigen Stühlen saßen dort die Puppen. Einige trugen glatte blonde Haare, andere schwarze lockige oder auch rotbraune Haare, die sich wie eine Löwenmähne über die Puppenkleider wölbten. Doch egal ob mit blauem oder rotem, gelbem oder rosafarbenem Kleid, alle Puppen waren neu, kaum älter als ein Jahr.

Haben Sie auch ältere Puppen?, fragte Mister Yomoto. Ich dachte, in einem älteren Geschäft werde ich auch ältere Puppen finden.
Verwundert schüttelte die Frau den Kopf. Diese Frage war ungewöhnlich, ungewöhnlicher, als wenn jemand in einem Obstgeschäft nach blauen Äpfeln fragte. Aber Mister Yomoto konnte es nicht besser wissen. Er war zum ersten Mal Vater geworden, er kaufte zum ersten Mal in seinem Leben eine Puppe.
Es gibt im ganzen Land keine Puppe, die älter als fünfzehn Jahre ist, flüsterte die alte Frau geheimnisvoll. Kennen Sie nicht den Brauch in unserem Land?
Welchen Brauch?, fragte Mister Yomoto neugierig.

Eine Puppe weiß alles über ein Mädchen, sagte die Frau. Sie weiß, wann ein Mädchen weint und warum es weint. Sie weiß, wann ein Mädchen zum ersten Mal verliebt ist, weil ein Mädchen alles mit seiner Puppe bespricht.

Und der Brauch?, unterbrach Mister Yomoto.

Lassen Sie mich zu Ende erzählen. Die Puppe bekommt so etwas wie eine Seele und in dieser Seele steckt viel Wissen über ein Mädchen. Das ist gefährlich. Wenn ein Fremder die Puppe raubt, kann er viel über das Mädchen erfahren. Verstehen Sie?

Er kann erfahren, warum Ihre Tochter geweint hat, worüber sie sich am meisten schämt, wovor sie Angst hat, wer ihr bester Freund ist. Eine Puppe ist wie ein Tagebuch. Möchten Sie, dass ein Fremder diese vielen Dinge über Sie erfährt? Möchten Sie, dass ein Fremder Ihr Tagebuch liest?

Mister Yomoto schüttelte den Kopf.

Und deshalb gibt es einen Brauch?

Die alte Frau nickte.

Aus diesem Grund werden alle Puppen verbrannt, wenn die Mädchen fünfzehn Jahre alt sind. So kann niemand ihre Geheimnisse erfahren.

Warum versteckt man sie nicht, niemand könnte sie rauben!

Heute wird alles geraubt. Selbst Schmuck aus den dicksten Tresoren der Welt. Es gibt keinen sicheren Platz, keinen sicheren Platz für Gold oder Schmuck, Juwelen oder Puppen.

Weinen die Mädchen, wenn ihre Puppen verbrannt werden?

Doch, antwortete die alte Frau. Einige weinen tagelang und brauchen lange, bis sie alles verstehen. Darum wurde ein anderer Brauch eingeführt.

Welchen meinen Sie?, fragte Mister Yomoto.

Die Puppen werden ausgesetzt. Sie kommen in ein kleines Boot und das Boot wird ins Wasser gesetzt. Die Wellen und die Meeresströmung tragen die Puppenboote dann fort.

Mister Yomoto wurde nachdenklich. Vielleicht sollte er seiner Tochter keine Puppe schenken. Würde sie später weinen, wenn er die Puppe verbrennen lassen müsste oder sie auf dem großen Ozean aussetzte?

Kaufen Sie Ihrer Tochter eine Puppe, riet die alte Verkäuferin, als ob sie Gedanken lesen konnte. Fünfzehn Jahre sind eine lange Zeit, bis dahin kann sich Vieles ändern.

Mister Yomoto nickte.

Sie haben Recht. Was ist aus Ihrer Puppe geworden, als Sie fünfzehn Jahre alt waren?

Mein Vater hat ein kleines Holzboot gebaut. Es war sehr schön, groß wie ein Kinderwagen. In der Mitte gab es einen Mast aus einem alten Tischbein, mit drei Segeln. Einen Tag vor meinem fünfzehnten Geburtstag sind wir an das Meer gefahren. Meine Mutter hatte kleine Beutelchen für den Proviant genäht: trockener Zwieback, Salzfleisch, Fischdosen und Schokoladenwürfel. Ich habe dann das Boot an meine Drachenschnur gebunden und ins Wasser gesetzt. Bald hatte die Meeresströmung das Boot fortgetragen. Die Drachenschnur war zu Ende und ich habe sie durchgeschnitten. Verstehen Sie? Es war, als ob man eine Nabelschnur durchschneidet. Jetzt lebte ich allein und meine Puppe lebte allein. Plötzlich rief jemand meinen Namen:

Tamashi, Tamashi, warte!
Es war mein Bruder, er wusste, wie traurig ich an diesem Tag war. Ich sehe noch, wie er den Hügel heruntergerannt kam und mir zurief: Hast du keine Angst, dass deiner Puppe etwas passieren könnte? Natürlich hatte ich Angst. Wenn man fünfzehn Jahre alt ist und seine Puppe auf dem

großen Meer aussetzt, hat man natürlich Angst. Er hat seine Jacke geöffnet und etwas Großes, Braunes hervorgezogen. Es war sein Löwe, sein liebstes Stofftier.

Der wird deine Puppe beschützen, sagte mein Bruder.

Aber das Boot schwamm bereits weit draußen. Ehe wir uns versahen, ich meine mein Vater und ich, war mein Bruder ausgezogen und sprang ins Wasser. Er konnte schwimmen wie ein Fisch. Bei jeder Welle verschwand sein Körper mit dem braunen Löwen im aufgewühlten Meer. Nach einer Weile, die mir wie die Ewigkeit vorkam, hatte er das Boot erreicht. Wir sahen noch, wie er den nassen Stofflöwen neben meine Puppe ins Boot stellte.

Die alte Frau unterbrach ihre Erzählung. Mister Yomoto wusste sofort den Grund.

Es tut mir leid!, sagte er.

Ja, mein Bruder ist nicht zurückgekehrt. Er wurde von einer Welle erfasst und tauchte nicht wieder auf. Mein Vater hat mich in den Arm genommen und getröstet. Ich höre heute noch seine Worte, als wäre das ganze Unglück erst gestern geschehen:

Wir müssen jetzt tapfer sein.

Und: Du brauchst keine Angst zu haben. Das Holz des Bootes ist ausdauernder als das Wasser, der Löwe ist stärker als die Gefahren des Meeres. Und irgendwann landet das Schiff auf einer Insel, wo die Sonne nicht untergeht und der Sand weiß wie Schnee ist.

Mister Yomoto blickte auf die alte Frau. Sie war einen Kopf kleiner als er, ihr Rücken durch die vielen Jahre nach unten gekrümmt.

Glauben Sie daran? Ich wollte sagen, glauben Sie, dass es diese Insel gibt?

Ich weiß es nicht. Wissen Sie, als Kind bekommt man viel erzählt. Einiges stimmt, anderes soll den Kindern nur die Angst nehmen. Mit fünfzehn war ich kein Kind mehr, aber die Ängste aus der Kindheit bleiben. Wenn Sie als Kind Angst vor Spinnen haben, bleibt diese Angst, auch wenn Sie erwachsen sind. Damals war ich sehr ängstlich, als meine Puppe in dem winzigen Holzboot auf dem großen Meer verschwand.

Der Gedanke, irgendwo hinter dem blauen Horizont befindet sich eine schneeweiße Insel, auf der meine Puppe einmal leben wird, hat mir sehr geholfen.

Sie haben Recht, erwiderte Mister Yomoto. Im riesigen Ozean liegen tausende von Inseln. Auf einigen soll es seltsame Tiere geben und Pflanzen, die noch kein Mensch gesehen hat. Sicherlich existieren auch Inseln, auf denen bisher kein Mensch seinen Fuß gesetzt hat.

2.

Der Mann blickte wieder auf die vielen neuen Puppen, die im Regal aufgereiht standen. Welche sollte er nehmen? Über welche würde sich seine Tochter am meisten freuen? Er wollte die hübscheste aussuchen. Jeder sucht die schönste Puppe, wenn er seiner Tochter ein Geschenk machen will.

Die alte Frau stellte sich neben Mister Yomoto.

Sie sollten nicht nach der Schönheit gehen, sagte sie.

Warum?

Denken Sie daran, in fünfzehn Jahren wird diese Puppe über das große Meer fahren, allein, mutterseelenallein. Vielleicht wird sie in einen Sturm geraten. Vielleicht wird ein Raubfisch sie verfolgen oder ein unheimliches Piratenschiff wird ihren Weg kreuzen. Ich meine, wer in diese Gefahren gerät, muss nicht schön sein. Suchen Sie eine kluge Puppe aus, eine, die stabil und kräftig ist.

Dass eine Puppe schön ist, lässt sich leicht herausfinden. Aber woher weiß ich, ob sie klug und geschickt ist?, fragte Mister Yomoto.

Sie müssen in die Puppenaugen schauen, sagte die alte Frau.

Wieder betrachtete Mister Yomoto die vielen Figuren. Es dauerte lange, schließlich blieb er vor einer der vielen Puppen stehen. Vor ihm, auf einem gedrechselten Holzstuhl saß eine Puppe, die etwa so lang wie sein Arm war. Ihre hellen, lockigen Haare fielen ihr ins Gesicht, wölbten sich über das bunte, mit Tierbildern geschönte Kleid. Die Handflächen waren gedrungen, die Finger dagegen fein wie Spinnweben. Zwei grüne Augen saßen unter buschigen Augenbrauen, eine schmale Nase verlor sich in der runden Oberlippe, von unten schob sich das Kinn wie ein zu schmal gezeichnetes „V" in die Züge des Mundes.

Ich nehme diese Puppe, sagte Mister Yomoto, ich glaube, sie wird meiner Tochter gefallen.

Die alte Frau holte die leblose Figur aus dem Regal und legte den kleinen Körper, der aus Holz und Baumwolle, Seide, Perlen und Leder zusammengesetzt war, auf den Tisch.

Ich werde sie Ihnen einpacken!

Das ist sehr nett, erwiderte Mister Yomoto. Darf ich Sie bitten, dieses Papier zu benutzen?

Aus seiner Tasche holte er eine Rolle seidenes Geschenkpapier, das er vormittags gekauft hatte.

3.

Auf diese Weise erhielt Mister Yomotos kleine Tochter Imito ihre erste Puppe und es blieb die einzige in ihrem Leben. Mister Yomoto setzte sich noch am selben Tag an seinen Schreibtisch und schrieb die Erzählung der alten Verkäuferin auf. Irgendwann, bevor seine Tochter fünfzehn Jahre alt wurde, musste er sie darauf vorbereiten, von der Puppe Abschied zu nehmen. Er hatte das Gefühl, dass die Geschichte der alten Frau dabei helfen könnte. Er wusste nicht, ob es ein guter, ein sinnvoller Brauch war, die Mädchen mit fünfzehn Jahren von ihren Puppen zu trennen. Aber Bräuche haben ihre Vergangenheit, ihren Grund, ihr Anrecht, und er beugte sich vor der Größe des althergebrachten Brauches.

<h1 style="text-align:center">4.</h1>

Wieder vergingen nur einige Augenblicke, und die kleine Imito stand vor ihrem achten Geburtstag. Als sie nach der Schule heimkehrte, war ihr Vater bereits zu Hause. An jedem Geburtstag seiner Tochter nahm sich Mister Yomoto einen Tag frei, um mit ihr zu feiern.

Dieses Jahr sah der Geburtstagstisch seltsam aus: keine Blumen, keine schön verpackten Geschenke, keine Geburtstagstorte.
Stattdessen ein wirres Durcheinander von verschieden großen und andersartig geformten Holzteilen, dazwischen viele Werkzeuge, Holzleim, Nägel und Schrauben.

Willst du aus mir einen Jungen machen?, fragte Imito.
Mister Yomoto lachte.

Wie kommst du darauf? Warum sollen nicht auch die Mädchen mit Holz, Hammer und Nägeln arbeiten. Trotzdem bleiben sie Mädchen!

Soll das ein Puppenhaus werden?
Mister Yomoto schüttelte den Kopf.

Vielleicht ein Puppenwagen?
Mister Yomoto schüttelte den Kopf.

Vielleicht ein Krokodilrückenlederthron?

Mister Yomoto verneinte erneut.

Jetzt weiß ich es! Ein Schlitten für meine Puppe.

Mister Yomoto schüttelte immer noch den Kopf.

Ich werde dir eine Geschichte vorlesen, danach wirst du auf die richtige Antwort kommen.

Er las die Geschichte der alten Frau, wie ihr Vater das Schiff gebaut hatte, wie die Puppe mit dem Holzboot ins Wasser gesetzt wurde, wie der Junge mit dem Stofflöwen angestürmt kam, wie er dem Schiff hinterherschwamm und wie das Puppenboot am blauen Horizont verschwand. Davon, dass der Junge in den aufgewühlten Wellen des Meeres unterging und nicht mehr zurückkehrte, davon erzählte er nichts. Die Geschichte war ohnehin traurig und er wollte seine Tochter nicht zu sehr beunruhigen. Mister Yomoto blickte hoch. Seine Tochter hatte ihr fröhliches Lächeln verloren.

Jetzt bist du sicherlich traurig?

Ein bisschen, aber ich habe noch sieben Jahre Zeit, bis meine Puppe auf die Reise geht.

Sieben Jahre vergehen schnell. In sieben Jahren bist du ein gutes Stück größer - und ich wahrscheinlich einige Zentimeter kleiner als jetzt.

Imito konnte wieder lachen.

In sieben Jahren kannst du mit meiner Puppe über das große Wasser fahren. Klein genug wärst du dann auf jeden Fall.

Mister Yomoto erhob sich.

Mit einer Puppe übers Meer segeln ist wohl eher das Richtige für einen abenteuerlichen Kindskopf. Die Vorstellung, ich sitze mit der Puppe in einem kleinem Holzboot und über uns türmen sich die Wellen hoch wie die Häuser auf verwandelt meine Haut in ein raues Waschbrett. Imito steckte die Hand in den Rücken ihres Vaters.

Dafür fühlt sich dein Fell noch recht glatt an, sagte sie.

Mister Yomoto war froh, dass seine Tochter nicht mehr traurig war. Sieben Jahre sind eine lange Zeit, um sich auf einen Abschied vorzubereiten. Beide begannen, die wirr durcheinanderliegenden Holzteile auf dem Tisch zu sortieren. Es war früh am Nachmittag. Mister Yomoto und seine Tochter arbeiteten eifrig am Zusammensetzen des Bootes. Am Abend war der

Rumpf des Schiffes fertiggestellt. Der Rest hatte Zeit, fast sieben Jahre Zeit.

5.

Imito lebte mit ihren Eltern in einem riesigen Hochhaus. Die Menschen wohnten in fünfzig Etagen übereinander und wäre nicht die Decke des einen Zimmers, die gleichzeitig den Fußboden des nächsten Stockwerkes bildete, dazwischen gewesen, hätten fünfzig Menschen auf- und übereinander gestanden. Eine Pyramide von fünfzig Menschen: Jeder steht mit seinen Füßen auf dem Kopf des Anderen. Die Häuser standen eng beieinander. In einige Fenster fielen nie die wärmenden Sonnenstrahlen, nur der graue Schatten des nächsten Hauses überzog diese Räume.

Auf den Dächern waren Spiegel so geschickt angebracht, dass die Sonnenstrahlen von dort in die dunklen Zimmer gelenkt wurden. Aber ein Sonnenstrahl, der aus einem Spiegel kommt, bringt nicht das warme, gelbe Licht der Strahlen, die von der Sonne direkt ins Zimmer fallen. Am frühen Abend standen alle Räume im Dunkeln. Die Sonne hatte sich hinter die Berge verkrochen und in den Zimmern der Häuser fingen tausende von Lampen an, wie kleine künstliche Sonnen die Dunkelheit der Nacht fernzuhalten.

Imito saß auf ihrem Bett. Viel hatte sie heute erlebt, mehr als an den anderen Tagen. Ausgerechnet heute gab es niemanden, mit dem sie über diese Erlebnisse sprechen konnte. Ihr Vater, Mister Yomoto, war für zwei Tage verreist, ihre Mutter besuchte ein Konzert. Wem das Viele erzählen, wenn es keine Ohren gibt, die zuhören. In der Schrankvitrine stand das kleine Holzboot, an dem sie und ihr Vater seit über zwei Jahren arbeiteten. Wo befand sich eigentlich die Puppe?
Imito wurde blass, beinahe weiß wie die Kreide, mit der die Lehrerin auf der Tafel schrieb. In der Glasvitrine stand sie nicht, weder auf dem Schrank noch in der kleinen Holzkommode fand sich eine Spur von ihr. Als letzte Möglichkeit blieb ein abgegriffener Karton neben dem Schreibtisch. Letztes Jahr wurde das Zimmer neu gestrichen und die herumliegenden Sachen waren in diesem Karton gelandet. Imito öffnete die Kiste.
Oben lagen alte Wollknäuel, Buntstifte, verstaubte Bücher, uralte Vogelfedern, ein

bunter Seidenfächer. Darunter etwas Schwarzes, trotzdem glänzend wie Gold mit einer rosafarbenen Schleife an der Seite. Imito zerrte an dem schwarzen Gegenstand. Die anderen Sachen rollten aus der Kiste, mehr und mehr kam von ihrer alten Puppe zum Vorschein. Jetzt steckte nur noch der rechte Puppenarm im Wirrwarr der ineinander verhakten Utensilien. Das Mädchen zog kräftiger. Bauklötzer hüpften aus dem Karton, doch der Puppenarm löste sich nicht.

Mit ihrer Hand krabbelte Imito in die Kiste, folgte dabei, soweit sie es vermochte, dem Stoffarm. Auf einmal hatte sie etwas Weiches, Flauschiges zwischen den Fingern, erst schmal wie ein Besenstiel, dann breiter werdend wie ein Ball. Die Puppenhand hing an diesem flauschigen Gegenstand, ließ sich nicht lösen.

Imito griff den runden Körper und zog ihn kräftig nach oben. Die Puppe hing in der Luft und an ihrer Hand klammerte der alte braune Stoffaffe: Mikado, der braune pelzige Affe, den sie vor vielen Jahren zum Geburtstag geschenkt bekommen hatte. Für Imito war es eine große Überraschung.

Ich muss euch viel erzählen, sagte das Mädchen, einen ganzen Tag muss ich euch erzählen.

Sie stellte die beiden Figuren auf die Bettkante und hockte sich davor. Vier traurige Augen blickten sie an. Sie sind traurig, dachte Imito, aber ich werde ihnen meinen schönen Tag erzählen.

Doch wer ein Jahr in einer dunklen staubigen Kiste liegt, hat ein Recht darauf, traurig zu sein. Mikado, der Affe, hielt noch immer die Puppe an der Hand.

Imito griff in ihre Rocktasche und holte eine goldene Münze hervor.

Die habe ich heute gefunden, sagte sie und hielt sie der Puppe entgegen.

Noch immer sahen sie vier traurige Augen an. Wer ein Jahr in einer staubigen alten Kiste gelegen hat, verliert nicht seine Traurigkeit, nur weil er eine goldene Münze sieht.

Wieder griff Imito in die Rocktasche. Dieses Mal kramte sie ein zerknülltes Papierstück hervor, nahm es zwischen beide Hände und betrachtete die wenigen Buchstaben.

Wisst ihr, unser Lehrer hat versehentlich die Schulhefte vertauscht. Ozawa, das ist der schnellste Junge in unserer Klasse, hat mein Heft bekommen und ich seines. Und wisst ihr, was hinten im Umschlag steckte?

Dieser Zettel: Ich mag Imito!

Hätte ich mir nie vorgestellt, saß Ozawa mich mag, Ozawa, der schnellste Junge der Klasse liebt mich, nicht Motoko, nicht Misaki, die schöne Blüte, nicht Nanami, die sieben Meere, nicht Sakura, die Kirschblüte, keine andere, ausgerechnet mich! Das müsst ihr doch toll finden.

Die Puppe und der Affe blickten sie nach wie vor traurig an. Wer ein Jahr lang zwischen Staub und Abfall in einer finsteren Kiste liegt, verliert nicht seine Traurigkeit, nur weil zwei andere sich mögen.

Habe ich euch gesagt, dass die Klassenarbeit ausgefallen ist?, fragte Imito. Unser Lehrer ist krank geworden, liegt mit einer Erkältung im Bett.

Die beiden Figuren reagierten nicht, verharrten in ihrer Traurigkeit.

Ich habe mein Hausaufgabenheft in der Schule vergessen, hört ihr? Also kann ich die Hausaufgaben nicht schreiben. Darüber müsst ihr euch aber freuen. Ich sitze mit euch auf dem

Sofa, anstatt die Hausaufgaben schreiben zu müssen.

Wir wollen morgen abreisen!
Imito wunderte sich. Der Fernseher war ausgeschaltet, niemand sonst war im Zimmer. Wer hatte eben gesprochen?

Wir wollen morgen unsere Reise antreten!
Ein weiteres Mal war der Satz erklungen, jetzt mit einer feineren, höheren Stimme.
Imito sah auf ihre Puppe. Sie saß leblos wie ein kalter Stein auf der Sofakante und blickte mit traurigen Augen ins Zimmer. Der Affe bot das gleiche Bild.

Ein Jahr hat es gedauert, wir wollen nicht länger auf unsere Reise warten.
Imito nahm ihre Puppe in den Arm und hielt sie dicht vor die Augen. An der rechten Hand hing der Affe und schaukelte durch die Luft.

Sechs Jahre hast du noch Zeit, erst in sechs Jahren musst du die schöne warme Wohnung verlassen und über das kalte Meer reisen.

Sie will morgen abreisen. Ich werde sie begleiten.
Das Mädchen griff nach dem Stoffaffen.

Mikado, du willst mich auch verlassen?

Es wurde wieder still. Imito hielt beide Figuren in der Hand und dachte an die traurige Geschichte der Puppenreise, die ihr Vater früher erzählt hatte.

Möchtet ihr euer Schiff sehen?
Sie öffnete die Schrankvitrine, hielt ihre Puppe und den Stoffaffen vor das kleine Holzboot.

Oben könnt ihr sitzen, wenn die Sonne scheint. Und nachts oder bei schlechtem Wetter geht ihr nach unten in die Kajüte. Dort ist es gemütlich und warm. Essen findet ihr in der Vorratskammer: Zwieback, Tee, Salzfleisch und Schokoladenwürfel. Ihr seid klein und braucht nur wenig zum Essen. Für euch reicht der Vorrat ein Jahr lang. Für den Hauptmast werde ich eine Flagge nähen, mit einem Totenkopf und einem Tiger. Davor wird jeder Angst haben und kein Seeräuber wird es wagen, euch anzugreifen.
Imito setzte die Puppe und den Affen aufs Boot. Beide hatten genügend Platz, es blieb sogar Raum für einen dritten Passagier.

Wir werden morgen unsere Reise antreten!
Drei sind besser als zwei!

Ihr habt Recht, sagte Imito. Der Erste wacht acht Stunden vormittags, der Zweite acht Stunden nachmittags. Ihr benötigt einen

Dritten, der während der Nacht Wache hält. Vielleicht jemanden, der gut schwimmen kann. Auf dem Meer fahren mit einem Freund, der gut schwimmen kann. Oder besser ein Freund, der schnell fliegen kann, dachte Imito. Seid ihr in Not, dann schickt ihr Euren fliegenden Freund zu mir.

Das Mädchen betrachtete den Affen, der vorne am Steuer saß.

Ihr habt noch nie ein Boot gelenkt. Es muss jemand bei euch sein, der ein Boot steuern kann. Wartet, ich bin sofort zurück.

Imito rannte in das Zimmer ihres Vaters. Auf dem Schreibtisch stand die Figur eines alten, bärtigen Schiffskapitäns. Er war halb so groß wie die Puppe, aber doppelt so dick. In seiner Hand hielt er einen Kompass, auf dem anderen Arm hockte eine schneeweiße Möwe. Sie nahm den Kapitän und lief zur Schrankvitrine zurück.

Du, Mister Mikado, kommst aufs Kajütendach. Ab heute hältst du Ausschau nach Piratenschiffen.

Imito hatte Mühe, den Affen von der Puppe zu trennen. Hinter das Steuer stellte sie den Kapitän.

Du, Mister Kapitän, gehörst hinter das Ruder. Du musst meine Puppe sicher durch das Meer fahren. Und Sie, Fräulein, kommen in die warme Kajüte und bereiten das Essen vor.

Sie war ein Jahr in der schwarzen Kiste. Warum soll sie wieder in eine dunkle Kammer? Von neuem wunderte sich Imito, wer gesprochen hatte. Der Affe saß regungslos auf dem Kajütendach, der dicke Schiffskapitän hockte wie versteinert am Schiffsruder, aber die Worte waren deutlich vernehmbar gewesen.

....warum soll sie wieder in eine dunkle Kammer? Von mir aus, sagte Imito. Sie, Fräulein Motoko, gehen auf das Schiffsdeck, machen es sich im Liegestuhl gemütlich und genießen die Sonne. Schließlich haben Sie ein Jahr lang keinen Sonnenstrahl auf ihre Nasenspitze bekommen. Und jetzt, meine Herrschaften, bin ich müde und werde ins Bett gehen.

Imito stellte eine kleine Taschenlampe neben das Boot und schaltete das schwache Licht ein.

Das ist euer Mond. Er scheint heute vom Wasser. Vielleicht ist er auch baden gegangen.

Danach ging Imito ins Bett. Nach und nach wurde das Licht der Taschenlampe schwächer und die Umrisse des dicken Schiffskapitäns, der Schatten des Affen auf dem Kajütendach und die feine Silhouette der Puppe verschwanden in der Finsternis der Nacht.

6.

Wir wollen jetzt fahren!

Kurze Pause, der Schatten auf dem Liegestuhl richtete sich auf.

Gib endlich Ruhe. Wir können nicht abfahren, das Boot ist noch nicht im Wasser.

Ich weiß, wo das Wasser fließt. Wenn ich den Hahn aufdrehe, läuft es in eine große weiße Wanne.

Die Gestalt hinter dem Rudersteuer bewegte sich nach vorne.

Ich kann heute Nacht nicht abfahren. Ich bin alt, meine Augen müde und schwach. Wir würden uns verirren.

Ich kann klettern. Ich steige auf den Mast und zeige dir die Richtung.

Vielleicht kannst du auf Urwaldbäume klettern. Ein Segelmast auf dem schaukelnden Meer ist ganz anders.

Ich habe Hunger. Hoffentlich gibt es in der Speisekammer frische Bananen.

Ich werde nachsehen und dir eine Banane bringen.

Als die Kajütentür aufging, huschte ein winziger grauer Schatten vorüber. Die Puppengestalt fiel ohnmächtig zu Boden, die Gestalt des Affen auf dem Kajütendach sprang wild kreischend umher.

Es ist nicht schlimm!, sagte eine tiefe brummige Stimme. Auf jedem Schiff gibt es Mäuse. Wer zur See fährt, hat davon gehört.

Das Kreischen verstummte, die Gestalt am Boden richtete sich wieder auf.

Aber morgen werden wir abfahren!

Morgen ist es hell. Morgen können meine Augen genug sehen, antwortete die tiefe Stimme.

Danach wurde es ruhig. Nur die stille Finsternis zog durch das Zimmer, während das kleine Mädchen Imito in ihrem Bett schlief und dem morgigen Tag entgegenträumte.

7.

Der nächste Tag verging, die Glastür der Schrankvitrine blieb verschlossen. Hinter dem Steuer des Bootes stand der dicke schwarzbärtige Kapitän und sah in die Ferne. Auf dem Kajütendach hockte der Affe und schielte zur Decke, als erwarte er jeden Moment ein fürchterliches Unwetter. Die Puppe lag im weichen Liegestuhl und hatte die Augen geschlossen.

Am Tag darauf kehrte Mister Yomoto von seiner Reise zurück. Noch bevor er die Wohnung betreten konnte, stürmte seine Tochter auf ihn ein. Sie nahm ihren Vater an die Hand und zerrte ihn vor den Wohnzimmerschrank.

Sieh mal, wo der dicke Schiffskapitän steht.
Mister Yomoto sah durch die Glasscheibe.

Meinst du die alte Kapitänsfigur von meinem Schreibtisch?

Ja, jedes Boot braucht einen Kapitän, der es lenken kann.
Mister Yomoto blickte immer noch durch die Glasscheibe.

Ich finde ihn nicht, sagte er. Wohin hast du ihn gestellt?

Imito war die ganze Zeit um ihren Vater herumgesprungen. Jetzt blieb sie stehen und betrachtete sich das Schiff. Auch sie konnte den dicken schwarzbärtigen Seefahrer nicht entdecken.

Vielleicht ist er in der Kajüte.

Imito griff in die Vitrine und öffnete die Bootstür. Unten im Schiffsraum saß der Kapitän.

Seltsam. Ich hätte schwören können, dass er gestern noch am Steuerruder stand.

Du wirst dich irren, sagte Mister Yomoto. Willst du ihn behalten?

Ja, einen neuen Namen hat er auch schon. Mister Yomoto II. Du bist Mister Yomoto I und der dicke Kapitän heißt Mister Yomoto II.

Darauf darf ich mächtig stolz sein, schmunzelte Imitos Vater. Weißt du, dass er eigentlich einen anderen Namen trägt?

Welchen denn?

Schwarzbart der Drachenheld. Er ist der einzige Seefahrer auf der ganzen Welt, der es geschafft hat, durch das schmale Meer am Ende der Inseln zu fahren, wo der schreckliche Drache Feuerschluuuuuuuuuuuund haust.

Woher weißt du das?

Der Verkäufer hat es mir erzählt. Ein alter Mann, von dem ich als Junge die Kapitänsfigur gekauft habe.

Findest du Mister Yomoto II oder Schwarzbart der Drachenheld, schöner?

Ich denke, beide Namen sind gut. Da fällt mir ein, dass du für dein Boot keinen Namen hast. Was hältst du von der Idee, das Boot auf den Namen Mister Yomoto II zu taufen und der Kapitän behält seinen alten Namen?
Imito nickte.

Die Idee finde ich gut. Hast du heute Zeit, mit mir das Boot zu Ende zu bauen? Es muss unbedingt morgen fertig sein.

Wieso? Bis zu deinem Geburtstag sind es noch mehr als sechs Jahre.

Ich muss dir etwas erzählen. Vorgestern warst du verreist und Mama war im Theater. Ich wusste nicht, was ich allein machen sollte. Da fiel mir das Boot ein und die Puppe und dass sie irgendwann über das große Meer fahren muss. Es hat ziemlich lange gedauert, bis ich sie gefunden habe. Ich habe die Puppe ins Boot gesetzt, der Affe war auch dabei. Er hing an ihrer Hand. Auf einmal hat jemand gesagt:

Morgen wollen wir abreisen.

Zweimal habe ich es deutlich gehört:

Morgen wollen wir abreisen.

Zweimal! Wir müssen das Schiff unbedingt morgen zum Meer bringen.

Mister Yomoto überlegte. Soweit er den alten Brauch kannte, war dagegen nichts einzuwenden. Und wenn es stimmte, dass ein Stück von der Seele eines Mädchens mit der Puppe fortzieht, konnte es nur besser sein, das Schiff bald auf die Reise zu schicken. Dann würde nicht so viel von seiner Tochter mit der Puppe auf dem großen Ozean verschwinden. Alles sprach dafür, dem Vorschlag zuzustimmen.

Einverstanden, sagte Mister Yomoto. Morgen habe ich frei. Wir werden das Holzboot nehmen und an die Küste fahren. Aber vorher muss es fertig werden.

Mister Yomoto nahm das Schiff aus der Glasvitrine. Der Kapitän, die Puppe und der Affe kamen auf die Sofakante. Imito malte die Flagge für den Schiffsmast. Auf der Vorderseite eines grauen Stoffflickens zeichnete sie einen Tigerkopf, die Rückseite bemalte sie mit einem Totenkopf. Ihr Vater brachte an der Außenseite der Kajüte eine kleine Lampe an, über einen

Draht war sie mit einer Batterie verbunden. Nachdem die Arbeiten abgeschlossen waren, bestand Imito auf eine Probefahrt. Sie zog der Puppe einen gelben Regenmantel und einen wasserdichten Hut an, dazu ein Paar rote Gummistiefel. Der Affe erhielt einen marineblauen Umhang aus wasserdichtem Stoff, nur der schwarzbärtige Kapitän bekam keine neue Kleidung, weil er bereits warme, wetterfeste Sachen trug.
Auf dem Schiffsrumpf stand jetzt der Name Mister Yomoto II, die Probefahrt konnte beginnen.
Imitos Vater hatte die Badewanne bis zur Hälfte mit Wasser gefüllt. Der Kapitän stand wieder hinter dem Ruder, der Affe saß auf dem Kajütendach und die Puppe im Liegestuhl.
Imito griff nach der Dusche.
 Ein Unwetter kommt. Kapitän, halten Sie das Steuer gut fest!
Von oben prasselten die scharfen Wasserstrahlen auf die drei Figuren hinab. Der Affe hatte Mühe, sich auf dem Bootsdach zu halten.
 Du musst Wellen machen!, rief Imito ihrem Vater zu, das Schiff steckt in einem Gewitter.

Mister Yomoto krempelte sich die Ärmel hoch und fuhr mit seinen Armen durch das Wasser. Die Wellen schwappten über den Badewannenrand, mit ihnen hob sich die Bugspitze des Schiffes gefährlich weit über die weiße Kante.

Imito legte die Dusche beiseite und rannte zum Lichtschalter.

Es blitzt, die Blitze kommen!

Im Ein und Aus der Lampe verwandelte sich das Zimmer in eine grelle Gewitterlandschaft. Die Umrisse der Figuren leuchteten kurz auf, um im nächsten Augenblick wieder in der gespenstischen Finsternis zu verschwinden.

Es ist genug, sagte schließlich Mister Yomoto. Ich kenne kein Unwetter, das noch länger dauert.

Er ließ das Wasser aus der Badewanne ablaufen, Imito trocknete das Boot mit den Figuren ab.

Weißt du Papa, eines ist seltsam. Gestern sah Mister Mikado, ich meine der Stoffaffe, sehr traurig aus. Heute habe ich das Gefühl, als ob er etwas lächelt.

Meinst du, er freut sich über die Reise?

Das weiß ich nicht. Es kommt nicht darauf an, wie jemand aussieht, sondern wie man ihn ansieht.

Wie einst du das?

Ich meine, wenn du traurig bist und den Affen anguckst, dann sieht auch der Affe traurig aus. Bist du aber lustig und siehst den Affen mit deinem lustigen Gesicht an, hast du das Gefühl, als würde er lächeln.

Vor dem Schlafengehen lief Imito noch einmal zur Glasvitrine. Sie musste sich genau einprägen, wie die Puppen standen, um am nächsten Tag zu sehen, ob sich eine von ihnen bewegt hatte. Außerdem gab es noch die seltsamen Sätze, von denen Imito nicht wusste, wer sie gesprochen hatte: *Wir wollen morgen abreisen, wir wollen morgen abreisen*, klang es immer wieder in ihren Ohren. Ihr Vater hatte gemeint, Imito sei an diesem Abend sehr müde gewesen und hätte sich die Stimmen nur eingebildet. Ähnliches würde vielen Menschen passieren. Doch Imito konnte es nicht glauben. Sie hatte wirklich die beiden Stimmen gehört, wie sie sprachen:
Wir wollen morgen abreisen.

Imito hielt einen dunklen Gegenstand in der Hand. An der Seite ging ein Kabel ab, an dem ein glockenförmiges Gebilde hing. Sie stellte den kleinen Kasten auf den Schrank und ließ die Schnur lose nach unten baumeln, so dass der runde Gegenstand am Ende des Kabels direkt vor dem geöffneten Spalt der Vitrinentür hing. Danach ging sie zu Bett.

8.

Als Imito am nächsten Morgen in die Küche trat, saß ihr Vater bereits am Frühstückstisch.

Du solltest deine Sachen besser wegräumen, sagte er, heute Morgen lag dein...

Ich weiß, erwiderte Imito. Ich werde mehr Acht geben. Fahren wir nachher an die Küste?

Wenn du willst sofort nach dem Frühstück.

Eine Stunde später stand Imito mit ihrem Vater an der Küste des großen Wassers. Am Horizont spiegelte sich die verschlafene Morgensonne, gleichmäßig wie das Ticken einer Uhr rollten die Wellen an Land und warfen Schaumkronen auf den hellen Sand. Ein lauer Wind wehte über das Meer, verschwand im Wasser und tauchte als salzige Briese wieder auf. Etwas abseits auf einem Felsen stand das kleine Holzboot. Der Kapitän hielt das Steuer in den Händen, der Affe hockte neben der Puppe auf dem Schiffsdeck.

Meinst du wirklich, ein Stück von mir geht verloren, wenn die Puppe für immer wegfährt? Mister Yomoto überlegte.

Kein Stück von dir, aber ein Stück von deinen Erinnerungen. Ein Teil von dem, was du nur deiner

Puppe anvertraut hast, zieht mit ihr über das unendlich weite Meer.

Naja, ich glaube, ich sollte mich nun von den Dreien verabschieden.
Imito lief zum kleinen Schiff. Sie drückte ein letztes Mal ihre Puppe.

Ist dir auch ein wenig zum Weinen?
Die Puppe antwortete nicht. Sie sah auf die ihr unbekannte Welt des weiten Ozeans.

Der Kapitän wird gut aufpassen und der Affe wird dich mit lustigen Streichen unterhalten. Irgendwann erreicht ihr eine Insel, auf der eine gute Fee lebt. Bestimmt wird sie euch aufnehmen und ihr dürft für immer auf der Insel bleiben.
Dann drückte Imito dem Kapitän die Hand.

Mister Schwarzbart, bringen Sie meine Puppe sicher zur Feeninsel. Das ist ein Befehl! Ich denke, Sie werden es schaffen. Wer durch das Wasser des Drachens gefahren ist, kann es schaffen.
Zuletzt nahm das Mädchen den Affen in den Arm.

Du musst immer lustig sein, das ist auf einer langen Reise sehr wichtig. Wenn ihr Langeweile habt, kannst du die Abendteuer erzählen, die du im Urwald erlebt hast. Die lustigsten Geschichten musst du dir aufheben, falls ihr einmal Angst habt oder traurig seid. Schick mir eine Flaschenpost, wenn ihr die Feeninsel erreicht habt.

Die Zeit war gekommen. Imito setzte das Boot ins Wasser, am Ende des Schiffes hatte sie eine Drachenschnur mit vielen bunten Papierstücken befestigt. Der Wind stand günstig. Die kleinen weißen Segel bliesen sich auf, bald hatte das Boot den Horizont erreicht. Es tauchte ins Licht der spiegelnden Morgensonne, die Silberpapierstücke an der Drachenschnur leuchteten im roten Sonnenlicht wie tausend kleine Feuerflammen. Dann war das Schiff verschwunden. Imito rollten einige Tränen über die Wangen. Ihr Vater nahm sie in den Arm.

Jetzt müssen wir tapfer sein, sagte er.

Du hast Recht. Aber ist es gut, dass man immer tapfer ist?

Mister Yomoto blickte über das Meer.

Wer weiß! Komm, wir fahren nach Hause zurück.

9.

Den Tag über konnte sich Imito nicht konzentrieren. Die Wellen, der salzige Wind, die grauen Schaumkronen und das Holzboot mit den drei Puppenfiguren schwirrten wie ein Bienenschwarm durch ihren Kopf. Dazwischen mengten sich Bilder von Seeräubern, Haifischen, Krokodilen, Kraken und den seltsamsten Meerestieren. Erst abends, als sie sich schlafen legen wollte, fiel ihr das schwarze Aufnahmegerät wieder ein. Eine Nacht zuvor hatte sie es auf den Schrank gestellt, das Mikrophon in einen schmalen Spalt der Glasvitrine gehängt. Imito spulte die Aufnahme zurück. Es konnte ihr nicht schnell genug gehen. Endlich hatte sie den Anfang erreicht. Aufgeregt drückte sie die Starttaste hinunter. Eine Minute lang war nichts zu hören. Plötzlich das Knarren einer Tür, Schritte, laute, schnelle Schritte. Dann die ersten Worte:

Ich kann es nicht finden.

Imito schien überrascht. Sie spulte das Band erneut ein wenig zurück, um die Worte noch einmal zu hören: *Ich kann es nicht finden...*

Schade, es war nur die Stimme ihres Vaters, der wohl spät abends etwas im Zimmer gesucht hatte. Ein dumpfer, sekundenschneller Knall, die Tür schloss sich wieder und auf dem Gerät war es still wie am Anfang.

Imito ließ die Aufnahme vorwärtslaufen. Auch an der nächsten Stelle hatte sie kein Glück. Die seltsamen Stimmen des gestrigen Tages wiederholten sich nicht. Auf einmal ein leiseres Knarren als am Anfang. Imito hielt ihr Ohr dicht an das Tonbandgerät. Es hörte sich an wie eine Tür. Diesmal schien das Geräusch von einer sehr kleinen Tür zu kommen. Im nächsten Moment hörte sie ein feines Schluchzen, in das leise Wimmern mischte sich das Knarren von Holzbrettern.

Sie weint. Immer, wenn es dunkel wird, weint sie.

Warum? Es gibt keinen Grund.

Sie war ein Jahr in der dunklen Kiste. Jetzt ist es wieder dunkel. Wir können nicht heraus, wie früher in der Kiste.

Gehen Sie zu ihr. Sagen Sie ihr, dass wir morgen abreisen.

An dieser Stelle unterbrach die Unterhaltung. Von neuem wurde das Knarren der Holzdielen hörbar. Schließlich tauchte die Stimme wieder auf.

Du sollst nicht mehr weinen. Der Kapitän sagt, wir werden morgen abreisen.

Ist das wahr?

Er hat es gesagt. Ich glaube ihm.

Wie sollen wir herauskommen? In der Kiste hast du mir jeden Tag versprochen: Morgen werden wir draußen spielen. Jeden Tag! Mehr als dreihundert Mal. Und nichts geschah!

In der Kiste waren wir allein. Jetzt ist der starke Schiffskapitän bei uns. Was zwei nicht schaffen gelingt aber zu dritt.

Bitte hol' mir den Kapitän. Ich möchte ihn selbst fragen.

Erneut stockte die Unterhaltung. Eine unverhältnismäßig lange Pause trat ein, dazwischen langsame, schlürfende Schritte.

Sie möchten zu ihr kommen. Sie glaubt mir nicht.

Was glauben Sie, warum ich die Kajütentür geöffnet habe? Ich will nach unten gehen, das Essen heraufholen.

Sie müssen zu ihr gehen, sonst weint sie die ganze Nacht. Ich kenne das von früher, aus der Kiste. Sie kann stundenlang weinen.

Wenn Sie darauf bestehen. Aber Essen muss ebenfalls sein. So einer wie ich muss kräftig bleiben, damit er das Steuer eines großen Bootes festhalten kann. Es ist keine leichte Arbeit mit diesem riesigen Schiff über das Meer zu fahren und gleichzeitig an die Sicherheit der mitfahrenden Passagiere zu denken. Keiner sollte das annehmen, auch Sie nicht. Dreißig Jahre bin ich zur See gefahren und habe dabei Abenteuer für hundert Jahre erlebt. Damals, bei meiner ersten Fahrt, fuhr ich auf einem Zweimaster. Verstehen Sie? Ich als Anfänger auf einem Zweimaster. Mitten auf hoher See...

Sie sollten nicht so viel erzählen. Gehen Sie zu ihr, sonst weint sie stundenlang.

Nicht so viel erzählen! Sagt sich so einfach, wenn jemand Abenteuer für hundert Jahre im Kopf hat.

Erneut waren Schritte zu hören, dumpfe schwere vermengt mit schlürfenden kratzenden. Danach wieder die tiefe brummige Stimme:

Verehrtes Fräulein, wie mir zu Ohren gekommen ist, gibt es Probleme. Probleme sind da, um gelöst zu werden. Damals, als ich mit der Seefahrt anfing, fuhr ich auf einem Zweimaster. Ein Zweimaster ist ein Segelboot mit zwei großen

Stangen, an denen weiße Tücher, die Segel, hängen. Sehen Sie, so einfach ist es mit der Seefahrerei. Also, wie ich bereits erwähnte, gab es ein Problem. Irgendwie, niemand wusste, wie es geschehen war, hatten wir eine Außenplanke verloren. Sie trieb mutterseelenallein im Meer. Normalerweise stellt ein solcher Zwischenfall keine Bedrohung dar. Man springt ins Wasser und holt die Holzplanke.

Sie sollen nicht so lange erzählen, sonst weint sie die ganze Nacht. Ich kenne das. Ein Jahr in der dunklen Kiste. Sie wollte von Ihnen wissen, ob wir morgen wirklich abreisen.

Lass den Kapitän erzählen. Es bringt mich auf andere Gedanken. Es hilft, die schwarze Kiste zu vergessen.

Also üblicherweise ist es kein Problem. Ein Schiff kann sogar mit einer fehlenden Außenplanke fahren. Aber wir waren anderer Meinung. Sollten wir einen Eisberg rammen, wäre es vernünftiger, wenn die Außenplanken vollzählig sind. Also üblicherweise, also normalerweise, ach, was rede ich! In einer solchen Situation ist das einfachste von der Welt, man springt ins Wasser und holt die Holzplanke heraus.

Doch jetzt kommt die Schwierigkeit!

10.

Würden Sie ins Wasser springen, wenn dreißig spitze Haifischflossen ihr Schiff umkreisen? Niemand war mutig genug. Ich als Jüngster der Besatzung hatte keine bestandene Mutprobe vorzuweisen. Hundert Augen, hundert alte, erfahrene Seefahreraugen blickten auf mich. Ich verstand sofort. Die Mannschaft erwartete von mir, die Holzplanke herauszuholen. Was unternehmen?, war die Frage. Für die Anderen schien es belanglos. Aber für mich würde es um Leben oder Tod, um gefressen oder nicht gefressen werden gehen.

Und was haben Sie unternommen? Sind Sie gesprungen?

Wenn ich gesprungen wäre, gäbe es mich nicht mehr. Vielleicht noch im Bauch eines Haifisches, aber nicht auf dem sicheren Boden von Mutter Erde. Ich erzähle Ihnen, wie es weiterging. Zuerst holte ich mir ein Seil und formte daraus ein Lasso. Eine Schlinge wie ein Lasso, Sie verstehen! Der Küchenjunge brachte mir einige große Fischstücke und ich bezog an der Reling Aufstellung. Nun befahl ich dem Küchenjungen, ein großes Fischstück in die Luft zu werfen. Beim ersten Mal klappte es noch nicht. Jedoch beim zweiten Mal tauchte ein großer Haifisch auf und sprang in die Luft, um sich den Brocken als Erster zu schnappen. Ich schleuderte das Lasso nah dem riesigen Raubfisch - mit Erfolg. Der Hai war gefangen. Der Bursche zappelte, dass ich ihn kaum festhalten konnte. Die anderen Matrosen waren viel zu erstaunt, um mir zur Hilfe zu eilen - vielleicht hatten sie auch Angst. Jedenfalls zog ich den Haifisch allein an Bord. Er hat sich aufgeführt wie ein wilder Urzeitdrache. Seine gewaltige Schwanzflosse peitschte durch die Luft, mit seinen messerscharfen Zähnen schnappte er nach meinen Händen.

Hören Sie bitte auf, dass ist schlimmer als in der dunklen Kiste.

Ich kann Sie beruhigen, mein Fräulein. Ab jetzt ist nichts Gefährliches mehr passiert. Schließlich habe ich dieses Abendteuer heil überlebt, wie Sie unschwer an meiner Person und an meinen vollzähligen Fingern feststellen können. Mit der Zeit ermüdete der Haifisch und lag am Ende ermattet auf den Schiffsbrettern. Das war meine Chance! Ich ging auf ihn zu und unterhielt mich mit ihm.

Verstehen Sie denn die Haifischsprache?

Mein lieber Affenherr! Wer diese Sprache nicht versteht, täte besser daran, nicht über die Meere zu kreuzen. Wir waren uns schnell einig. Er sollte mir die Holzplanke holen, dafür würde ich ihm die Freiheit schenken. Ein gerechter Handel, oder? Und so geschah es. Ich habe dann die Lassoschlinge entfernt und den Haifisch ins Wasser zurückgerollt.

Sie hätten die Schnur dran lassen sollen. Hatten Sie keine Bedenken, dass der Haifisch einfach wegschwimmen würde?

Mein lieber Herr! Trifft man eine Vereinbarung, sollte man dem Anderen vertrauen, anstatt ihn weiterhin festzubinden. Ob Sie es glauben oder nicht, keine fünf Minuten später hatte sich der Haifisch das Holzbrett zwischen die Zähne geklemmt und brachte es zurück.

Erstaunlich! Unglaublich und erstaunlich!

Ja, Sie haben Recht. Die gleichen Gedanken kamen mir damals: erstaunlich, unglaublich und erstaunlich. Aber die Geschichte stimmt, so wahr ich Schwarzbart der Drachenheld heiße. Ich versichere Ihnen, Sie, mein Fräulein und Sie, mein Affenherr, brauchen nicht die geringste Spur von Angst zu haben, wenn wir morgen abreisen. Ich kenne die Haifische wie meine Westentasche und einer der größten von ihnen ist seitdem mein Freund.

Weil ich gerade von Freunden spreche. Da fällt mir die Geschichte mit meinem besten Freund, dem alten.......

Mit einem lauten Schnappton sprang die Taste des Aufnahmegerätes hoch, das Band war zu Ende. So sehr sich Imito bemühte, es ließ sich nicht weiter vorspulen. Wenigsten wusste sie jetzt, wer damals gesprochen hatte: *Wir wollen morgen abreisen!*

Und wenn es der Wahrheit entsprach, was der Kapitän erzählt hatte, dass er sich mit den Haifischen gut verstand und sie keine Angst vor ihnen zu haben brauchten, dann war das für Imito sehr beruhigend.

Sie dachte an das kleine Holzboot, wie es in der dunklen Nacht über das schwarze Meer fuhr, dachte an den Kapitän, der hinter dem Steuerruder stand und nach den Sternen Ausschau hielt, um den Kurs zu halten. Wo würde ihre Puppe sein und Mikado, der Affe? Wer von den Dreien schlief heute Nacht? Wer musste die Hauptwache halten?

Imito wollte noch viel nachdenken, doch eine schwere Müdigkeit schob sie in die Ruhe des Schlafes, während ihre träumenden Gedanken dem kleinen Holzboot über das weite Meer folgten.

11.

Langsam brach der Tag an. Die Morgensonne schob die schweren dunklen Wolken beiseite und schielte durch einen Wolkenspalt auf die Erde hinab. Irgendwo auf den unergründlich weiten Wasserflächen trieb das Holzboot mit den drei Figuren. Es war nicht das einzige Schiff, das in diesen Gewässern kreuzte. Wenige Seemeilen entfernt glitt ein mächtiges Boot über die Wellen. Drei Masten ragten in die Höhe. An jedem hingen pechschwarze Segel, die sich im Wind aufblähten. Vorne an der Bugspitze stand ein unrasierter, kahlköpfiger Berg von einem Mann. Das Auf und Ab des Bootes peitschte Wasserfontänen in die Luft und ließ den Mann hinter einer Wand aus brodelnder Gicht verschwinden. Ein Matrose trat zu ihm, zeigte auf das offene Meer hinaus.

Seid ihr euch sicher, dass es ein Piratensegler ist?

Kein Zweifel, Kapitän. Ihre Flagge trägt das doppelte Zeichen: vorne den Totenkopf, auf der anderen Seite einen Tiger.

Kein anderer Pirat darf es wagen, in meinen Gewässern zu kreuzen. Niemand außer uns!

Wir sind die einzigen Piraten! Brüllte die dunkle Gestalt.

Jawohl Kapitän! Sollen wir klar machen zum Entern?

Gib mir das Fernrohr!
Der fremde Kapitän blickte durch das Glas.

Sieht verdammt klein aus. Keine Kanonen, soweit ich sehen kann.

Wir haben auch keine entdeckt, Käpt'n.
Die Besatzung ist wohl unter Deck. Ich finde keine Matrosen an Bord. Nur ein alter Kapitän am Steuer, seltsam, ein Affe auf dem Kajütendach. Hol mich der Schlag. Die haben eine Prinzessin geraubt!

Sollen wir doch entern?
Nein, wer weiß, woher diese Prinzessin kommt. Am Ende stammt sie aus einem verarmten Königreich und bringt uns nur Ärger ein anstatt eines satten Lösegeldes. Wir nähern uns soweit es nötig ist und versenken das fremde Piratenschiff mit unseren Kanonen!

Jawohl Käpt'n. Ich werde sofort die Befehle austeilen.

Der schwarze Piratensegler wechselte seinen Kurs und steuerte direkt auf das kleine Holzboot zu. Aus den seitlichen Schiffswänden schoben sich dicke Kanonenrohre ins Freie und nahmen das fremde Ziel ins Visier. Kurz darauf schossen dicke Bleikugeln aus den Mündungen hervor und sausten mit stinkendem Schwefelgeruch durch die Luft.

Besser zielen, ihr elenden Nichtsnutze!, schnaufte eine Stimme in den tosenden Lärm der Kanonen hinein.

Immer mehr Bleikugeln zischten aus den Geschützrohren, die Luft füllte sich mit beißendem Pulverdampf. Mit Argusaugen betrachtete der kahlköpfige Piratenkapitän das Geschehen durch sein Fernrohr. Sein Gesicht überzog sich mit einem breiten, zufriedenen Grinsen.

Beide Segel weg, murmelte er in seinen Bart. Kurz darauf rief er:

Feuer einstellen, das fremde Boot ist versenkt!

Versenkt war ein wenig übertrieben, aber immerhin trieb das kleine Holzboot mit einem zerbrochenen Hauptmast und starker Schlagseite hilflos im Wasser. Wer denkt, Piraten seien nur grausam und schrecklich, hat von ihnen ein verkehrtes Bild. Gewiss mag es auf einige zutreffen, vielleicht sogar in der

Mehrzahl der Fälle. Andere Seeräuber jedoch haben auch ihre guten Seiten, wenigstens ab und zu. Bevor das schwarze Schiff abdrehte, ließen die Piraten ein kleines Rettungsboot ins Wasser. Ihr Kapitän hatte es befohlen. Die Lektion würde fürs erste reichen und wenn es das Schicksal wollte, würde es den Schiffbrüchigen gnädig sein.

12.

Imito wurde wach. Eine kurze Nacht lag hinter ihr, eine jener seltsamen Nächte, nach denen man wusste, dass man etwas geträumt hatte, sich aber nicht mehr genau erinnern konnte. Auf dem Boden lag das kleine Aufnahmegerät. Vorsichtig nahm sie es zwischen die Finger, als hielte sie eine wertvolle haarfeine Goldplatte in den Händen.

Gab es Piraten nur in Geschichten und Träumen oder auch in der Wirklichkeit? Was geschah, wenn ein Schiff in einen Wirbelsturm geriet? Was bei einem Zusammenprall mit einem Walfisch? Diese Fragen beunruhigten sie, sie waren wie Öl im Feuer eines Gedankens, den sie seit dem gestrigen Abend hegte.

Imito öffnete ihre Schreibtischschublade. Unter einem Stapel von Heften verbarg sie ein Schatzkästchen. Ihr schien es der richtige Platz für das wertvolle Aufzeichnungsband. Als sie das Kästchen öffnete, sprang ihr eine rubinrote Haarspange ins Auge. Die Lieblingsspange ihrer Puppe Motoko. Zu jedem besonderen Ereignis hatte die Puppe diese tiefrote Spange getragen: an Imitos ersten Tag im Kindergarten, später zur Einschulung, an jedem ihrer Geburtstage, als Imito das erste Mal den Schulweg allein laufen durfte.

Imito dachte nach. Wie würde ihr zumute sein, wenn sie ohne ihr liebstes Schmuckstück auf eine lange, unbekannte Reise geschickt würde? Die rubinrote Haarspange war wie der letzte Anstoß für einen Plan, den Imito seit jenem traurigen Abschied an der Küste des Meeres gefasst hatte.

13

Am darauffolgenden Tag fuhr Imito in die Stadt, in jene kleine Gasse, wo das Puppengeschäft der alten Verkäuferin stand. Acht Jahre waren vergangen und sie war sich unsicher, ob das kleine Geschäft überhaupt noch existierte. Doch Imito hatte Glück. Kurz vor der Mittagspause erreichte sie den winzigen Laden und betrat ihn durch die schmale Glastür. Die Glocke läutete, wie damals, als ihr Vater das Geschäft betreten hatte.

Etwas später erschien mit kurzen, tippelnden Schritten die alte Verkäuferin.

Was darf es sein, mein Fräulein?

Ich wollte nichts kaufen, noch nicht. Eigentlich habe ich nur eine Frage.

Nichts kaufen, natürlich nichts kaufen, murmelte die alte Frau. Vor einem Jahr habe ich zum letzten Mal eine Puppe verkauft.

So habe ich es nicht gemeint, entschuldigte sich Imito, nur wollte ich zuerst eine Frage stellen.

Natürlich musst du Fragen stellen. Jeder der kauft, muss vorher Fragen stellen.

Das Mädchen fasste in ihre Rocktasche und holte einen glänzenden Gegenstand hervor.

Haben Sie eine Puppe, die die gleiche Haarspange trägt?

Die alte Verkäuferin blickte auf das rubinrote Schmuckstück.

Lass mich nachschauen, das werden wir gleich feststellen.

Sie trat durch den grauen Wandvorhang in den Nebenraum und gab Imito ein Zeichen, ihr zu folgen. In Regalen saßen die Puppen aufgereiht auf kleinen Holzstühlchen. Wenige Plätze waren frei, nur sehr wenige.

Ich weiß nicht, wie lange es her ist, da kam ein Mann ins Geschäft und hat für seine Tochter eine Puppe gekauft. Ja, es fällt mir wieder ein. Auf diesem Stuhl hat sie gesessen, mit langen blonden Haaren und einem Kleid aus Tierbildern. Und in den Haaren trug sie eine rubinrote Haarspange, eine in der Art, wie du sie in den Händen hältst.

Ich bin das Mädchen.

Was sagst du, mein Kind?

Ich bin das Mädchen, das die Puppe geschenkt bekommen hat.

So, sagte die alte Verkäuferin, und jetzt hast du sie verloren, oder ist sie dir sogar kaputt gegangen? Deshalb willst du eine neue kaufen. Ich kenne das. An einigen Tagen gehen mehr Puppen kaputt als Menschen sterben.

Ich habe sie nicht verloren. Sie ist mir auch nicht zerbrochen. Wir haben sie vorgestern auf die Reise geschickt.

Auf die Reise geschickt? Seltsam, warum auf die Reise geschickt. Du bist noch keine fünfzehn Jahre alt und schickst deine Puppe auf die Reise!

Sie wollte es selbst. Weil ich sie ein Jahr in einer dunklen Kiste vergessen habe, wollte sie unbedingt die Reise antreten.

Es ist leider immer dasselbe. Die alte Frau blickte auf die vielen bunten Puppenfiguren. Irgendwann landet ihr alle in einer dunklen schwarzen Kiste, für ein Jahr oder zwei, wer weiß.

Imito musste weinen. Einige Tränen rollten die Wangen hinab, purzelten über das Kinn und tropften auf die weiße Bluse.

Ich habe es nicht böse gemeint, sagte die alte Frau. Mir ist es genauso ergangen. Irgendwann kam die Schule, dann die vielen Freundinnen, der Musikunterricht, meine kleine Katze. Da vergisst man seine Puppe. Ehe ich mich versah, hatte ich meine Puppe vergessen.

Haben Sie Ihre Puppe auch auf die Reise geschickt, mit einem kleinen Boot ins Wasser gesetzt?

Ja, ich erinnere mich noch sehr genau, als ob es erst gestern geschehen ist.

Die alte Frau begann über die gleiche Begebenheit zu sprechen, die sie Imitos Vater damals erzählt hatte. Obwohl das Mädchen die Geschichte kannte, ihr jedes Wort vertraut war, hörte sie von neuem gebannt zu.

Am Ende trat eine längere Pause ein.

Wissen Sie, was ich nicht verstehe?

Die alte Verkäuferin sah Imito an. Sie wusste nicht, was das Mädchen fragen wollte.

Was ist aus ihrem Bruder geworden? War er nicht traurig, dass er seinen Stofflöwen weggegeben hat?

Die Worte der alten Frau wurden stockender.

Ich kann dir keine Antwort geben, ob er traurig war.

Warum? Bitte erzählen Sie mir, warum.

Mein Bruder ist nicht zurückgekehrt. Er war so alt wie du, vielleicht noch ein oder zwei Jahre älter. Ein fantastischer Schwimmer, viel besser als ich, obwohl er sieben Jahre jünger war. Das Meer ist unberechenbar, mitunter gefährlich. Auf dem Rückweg wurde er von einer hohen Welle erfasst. Zuerst dachte ich, er sei absichtlich unter den gewaltigen Wellenbrecher getaucht, aus Spaß oder Übermut. Es war kein Spaß, es war Ernst, sehr bitterer Ernst. Mein Bruder ist nicht zurückgekehrt, er verschwand in den aufgewühlten Wogen. Das Meer hat nicht einmal seinen toten Körper herausgegeben.

Es tut mir leid. Entschuldigen Sie, dass ich danach gefragt habe.

Es muss dir nicht leidtun. Für mich ist es gut, von Zeit zu Zeit darüber zu sprechen. Sonst frisst sich die Erinnerung zu tief in mich hinein. Die alte Frau stand auf und ging zum Regal. Ihre Hand griff eine zierliche schwarzhaarige Puppe, die in einem schmetterlingsgelben Kleid steckte. Zwischen den dunklen Locken steckte eine Spange, eine rubinrote Haarspange.

Ich schenke sie dir. Du musst nämlich wissen, dass es die beste Freundin deiner Puppe ist. Imito war überrascht. Doch sie konnte dieses Geschenk unmöglich annehmen. Schnell holte sie ihre kleine Geldbörse hervor und schüttete den Inhalt auf den Tisch.

Reicht das Geld? Ich möchte die Puppe gerne bezahlen.

Die alte Frau betrachtete die wenigen Münzen.

Es ist genug. Einen Teil bekommst Du sogar zurück.

Sie nahm die Hälfte des Geldes und legte es in die Kasse. Geld brauchte sie nicht. Sie hatte genug von ihrem Vater geerbt. Das Puppengeschäft führte sie nicht des Geldes wegen. Sie behielt es, um nicht einsam zu sein, um von Zeit zu Zeit mit jemanden ihre Geschichte zu teilen, damit sich die Erinnerung nicht zu tief in sie hineinfraß.

Es war nett, dich kennenzulernen. Wenn du Lust hast, kannst du mich jederzeit besuchen.

Das werde ich. Sind Sie mir böse, wenn ich Ihnen noch eine Frage stelle?

Die Frau schüttelte den Kopf.

Imito zeigte auf eine alte Fotographie, die zwischen all den Puppen an einem der Regale hing.

Ist das Ihr Bruder?

Ja, das war mein Bruder!

14

Sie weint wieder. Diesmal wird sie sich nicht beruhigen lassen.

Sagen Sie ihr, sie soll nicht weinen. Wir hatten Glück, dass uns eine Welle in das große Rettungsboot gespült hat. Allein hätten wir es nicht geschafft. Wer Glück hat, braucht nicht zu weinen. Sagen Sie es ihr. Bis morgen werden wir eine Insel erreicht haben.

Du sollst nicht mehr weinen. Wir werden eine Insel finden.

Das Rettungsboot trieb über das blaue Meer. Es besaß keine Segel, kein Steuer zum Führen und die Ruder waren weit oben angebracht, dass sie für die Puppenfiguren unerreichbar blieben. Der Kapitän mochte so viel Erfahrung besitzen, wie er wollte. In dieser Situation nutzte sie nichts, sie mussten sich willenlos vom Meer treiben lassen, weder Richtung noch Geschwindigkeit, weder Ziel noch Dauer der Reise ließen sich beeinflussen. Der Tag glitt vorüber wie ein Schmetterling und verschwand lautlos in der Dunkelheit der Nacht.

Sie wird wieder weinen. Auf dem Boot ist es wie in der Kiste. Niemand kommt heraus. Es ist dunkel und einsam.

Ein leises Schluchzen erfüllte den Abendhimmel. Mikado, der Affe, hockte ratlos in einer Ecke des Rettungsbootes, der Kapitän starrte mit seinen müden Augen in die Nacht.

Ich will es nicht mehr hören. Immer, wenn sie weint, will ich es nicht mehr hören.

Ich werde zu ihr gehen. Sagen Sie ihr, dass ich kommen werde.

Die schwere Figur des Kapitäns drehte sich um und bewegte sich auf die weinende Puppengestalt zu.

Ich habe gehört, dass es Probleme gibt, mein Fräulein. Kein Problem, ich meine, es gibt kein Problem, das ich nicht zu lösen vermag. Ich werde Ihnen eine Entdeckung mitteilen. Vor fünf Minuten habe ich eine Beobachtung gemacht, die Sie begeistern wird.

Der Kapitän steckte seinen Zeigefinger in den Mund und hielt ihn in die Luft.

Also aus dieser Richtung kommt der Wind, sehen Sie, genau aus dieser Richtung. Nun mein Fräulein, drehen Sie sich bitte ein wenig herum, damit der Wind direkt in Ihre Nase weht.

Schmecken Sie diesen schweren, erdigen Geschmack? Nehmen Sie diesen Hauch von Blüten und Gräsern, Früchten und Blumen wahr? Zugegeben, er ist nicht sehr ausgeprägt, aber er ist vorhanden. Dreißig Jahre ist meine Nase zur See gefahren, sie merkt sofort, wenn Land in der Nähe ist.

Mikado der Affe sprang herbei und schnüffelte an der Luft, auch die Puppe atmete mehr und heftiger als gewöhnlich.

Wir können nichts feststellen. Selbst wenn Sie Recht hätten, würde es ein weiteres Problem geben!

Ihr habt keine Nasen, die dreißig Jahre zur See gefahren sind. Welches Problem soll es außerdem geben?

Der Affe zeigte in die Richtung, aus der der Wind kam.

Ihr Landgeruch kommt von links, wir aber fahren nach rechts.

Das Boot bewegt sich in einem Strudel. Ich kenne das. Dreißig Jahre Seefahrerei, verstehen Sie, dreißig Jahre. Wir umkreisen eine Insel, bewegen uns mal ein wenig auf sie zu, mal ein wenig von ihr weg. Morgen haben wir das Land erreicht, so wahr ich Schwarzbart der Drachenheld heiße.

Es wurde still. Die Puppe war eingeschlafen, wimmerte im Traum still vor sich hin. Auch der Affe Mikado hatte sich in eine Nische des Bootes verkrochen und schlief. Der alte Kapitän schaute über den Bootsrand hinweg in die schwarze Nacht. Die Anstrengungen der letzten Tage hingen wie Bleikugeln an seinen alten Gliedern. Müde legte er sich auf den Boden, zusammengekauert, um der nassen Kleidung ein wenig Wärme zu entlocken. Der Schlaf entführte ihn, trug ihn zurück auf den sicheren Platz des Schreibtisches, wo er noch vor wenigen Tagen zu Hause gewesen war.

Der Schlaf drückte ihm die Augen zu, nahm für einige Stunden die Last von seinen Schultern, sich um die Andern sorgen zu müssen. In der Entfernung des Schlafes bemerkte er die beiden dunklen Schatten nicht mehr, die lautlos durch das Wasser glitten und sich unaufhaltsam dem Boot näherten.

15.

Für Imito war es ein schwerer Entschluss. Sie mochte ihre Eltern gern, die Abende, an denen ihr Vater von der Arbeit heimkehrte, die Nachmittage, an denen sie mit ihrer Mutter unterwegs war. Alles andere sprach für ihren Entschluss. Ihre Puppe trieb hilflos auf dem Meer, ohne die rubinrote Haarspange, die sie so sehr mochte. Und wie groß würde Motokos Freude sein, wenn sie ihre beste Freundin aus dem Puppenladen wiedersehen könnte, ihre Freundin, die zwischen den schwarzen Locken die gleiche rote Haarspange trug. Da erwies es sich als günstig, dass Imitos Eltern für eine Woche wegfahren mussten. Nicht zum ersten Mal würde das Mädchen allein zu Hause bleiben. Wenn alles nach Plan verlief, konnte sie vor ihren Eltern zurück sein. Imito packte einen Rucksack mit Proviant, in einen zweiten legte sie die neue Puppe, beide Haarspangen und eine kleine Notausrüstung.

Nahe dem Küstenstreifen, wo sie das Holzboot mit den drei Figuren ins Wasser gelassen hatte, existierte ein Bootsverleih. Imito kannte den Besitzer seht gut, öfter war sie mit einem seiner

Boote die Küste entlanggefahren. Einen Tag nach der Abreise ihrer Eltern machte sie sich auf den Weg zum Hafen. Für den Fall, dass sie nicht zurückkehren sollte, schrieb sie einen Brief, den sie am Garderobenspiegel befestigte.

Der Bootsbesitzer wunderte sich über Imitos große Rucksäcke, darüber, dass sie mehrere Tage fortbleiben wollte. Aber Imito gab vor, sie beabsichtige, eine befreundete Familie auf einer nahegelegenen Insel zu besuchen, weil ihre Eltern eine Woche verreist waren. So bekam das Mädchen ein kleines Leihboot, das mit einem Außenmotor, einem winzigen Unterstellplatz und zwei Notrudern ausgestattet war. Zu Hause schien alles sehr einfach. Doch hier, im Angesicht der unendlich weiten Wasserflächen, wurde Imito bewusst, worauf sie sich eingelassen hatte. Wo sollte sie suchen, welche Richtung musste sie einschlagen, reichte der Proviant?

Imito fuhr eine kurze Strecke auf die See hinaus, zum Glück hatte sie sich über die Richtung einige Gedanken gemacht. Einen Moment schaltete sie den Motor ab. Aus dem zweiten Rucksack zog sie ein Miniaturboot hervor, das sie eigentlich ihrem Vater schenken wollte.

Die Überlegung war einfach.

Das Miniaturschiff würde in der Meeresströmung schwimmen und den gleichen Weg nehmen, wie damals das kleine Holzboot. Auf diese Weise hatte sie eine Möglichkeit, den richtigen Weg einzuschlagen und die drei Puppenfiguren zu finden.

Langsam trieb das kleine Schiff dahin, Imito folgte ihm mit dem geliehenen Boot. Stunde um Stunde verging. Die Sonne rollte hinter die gewölbte Linie des Horizonts, eine unsichtbare Hand breitete einen grauen Schleier über den Ozean aus.

Im dunklen Schatten des hereinbrechenden Abends tauchte wie aus dem Nichts die Silhouette eines Segelschiffs auf. Drei Masten ragten in den Himmel, pechschwarze Segel bildeten ihren Umhang.

Boot in Sicht. Alle Mann an Deck! Boot in Sicht. Eine kahlköpfige Gestalt beobachtete durchs Fernrohr das fremde Boot.

Es ist unser Rettungsboot, das wir nach dem Versenken des fremden Piratenschiffes ausgesetzt haben, Käpt'n.

Das sehe ich selbst. Irgendwie sieht das Boot verändert aus. Mich wundert, wo die Anderen abgeblieben sind. Ich sehe nur die Prinzessin!

Sollen wir entern, Käpt'n

Da gibt es nicht viel zu entern. Vier Männer ins Ruderboot. Sie sollen die Prinzessin an Bord bringen.

Ein schmaler Holzkahn wurde von der Seite des Piratenseglers ins Wasser gelassen. Vier muskelbepackte Seeräuber hieben mit ihren Rudern die Wellen auseinander und schwirrten wie ein Pfeil durchs Meer. Zu allem Unglück versagte in diesem Moment der Außenmotor an Imitos Boot seine Dienste. Das Mädchen war machtlos. Zwei kräftige Hände zerrten Imito in den Holzkahn, die anderen Seeräuber griffen ihr Gepäck und nahmen das Boot ins Schlepptau. Langsam ruderten sie zum schwarzen Piratensegler zurück. Von der Reling sah der kahlköpfige Piratenhauptmann auf das Mädchen hinab. Sein donnerndes Lachen dröhnte über die Wellen.

Sieh an, unsere Wasserprinzessin. Wo stecken deine Freunde?

Welche Freunde? fragte Imito mit zaghafter Stimme.

Du weißt, wen ich meine! Den alten Kapitän und den Affen. Wer außer dir hat den Untergang eures Schiffes überlebt?

Welchen Untergang?

Schau an, die Wasserprinzessin hat ihr Gedächtnis verloren. Hör zu, ich lass mich von niemanden für dumm verkaufen. Schon gar nicht von einer Prinzessin.

Käpt'n, vielleicht hat sie wirklich ihr Gedächtnis verloren. Es muss schrecklich gewesen sein, als unsere Kugeln ihr Boot zerschmettert haben.

Ach, lass' dein Geschwätz! Schafft sie in die Pulverkammer. Morgen wird sie zwitschern wie eine Nachtigall.

Danach wurde es dunkel. Als Imito wieder zu Bewusstsein kam, spürte sie einen feinen Pulvergeruch in der Nase. Die Pulverkammer war der schwärzeste Ort auf Erden. Die eigene Hand war nicht zu erkennen, selbst wenn man sie fest gegen die Augenhöhlen presste. Langsam wurde Imito klar, was der Piratenkapitän von ihr wollte. Er hatte das kleine Holzboot mit seinen grässlichen Kanonen versenkt, vielleicht hatte er es aus der Entfernung für ein feindliches Piratenschiff gehalten und jetzt hielt er sie für die Puppe. Imito hätte lachen können, wenn es nicht so traurig gewesen wäre. Ein ausgewachsener Seeräuber verwechselte sie, Imito, mit ihrer Puppe. Unfreiwillig war sie in die Rolle ihrer Puppe geschlüpft und musste die Nacht zwischen Bleikugeln und Schwarzpulver verbringen.

16.

In der wolkenlosen Nacht spiegelten sich die Sterne wie Kristallkugeln auf der See. Das kleine Rettungsboot trieb in der Meeresströmung, ein leises Schluchzen entstieg dem Schiff und verteilte sich wie ein Nebel über das Wasser. Die beiden lautlosen Schatten hatten das Boot erreicht, mit kurzen Handzeichen verständigten sie sich, ohne ein einziges Wort zu sprechen. Mühelos glitten sie aus dem Wasser und stiegen ins Schiff, schwerelos wie eine Feder schwebten sie durch das Innere des Bootes. Vor der Puppe blieben sie stehen. Die größere Gestalt nahm die Puppe auf den Rücken, das leise Wimmern verstummte. Leise wie ein ins Wasser fallendes Blatt sprangen die Schatten zurück und verschwanden in der lautlosen schwarzen Nacht.

Zwei Stunden später brach der Morgen an.

Sie weint nicht mehr.

Ich habe Ihnen gesagt, dass ich jedes Problem lösen kann.

Es war die erste Nacht ohne Unterbrechung. Ein Jahr in der Kiste. Ein Jahr hat sie geweint. Keine Nacht, in der ich sie nicht trösten musste.

Ich habe Ihnen gesagt, dass sich jedes Problem lösen lässt! Gehen Sie, wecken Sie das Fräulein.

Der Affe Mikado sprang über die glitschigen Bretter zur anderen Ecke des Bootes. Plötzlich schrie er laut auf.

Sie ist weg. Ich habe gewusst, dass sie eines Tages verschwinden wird.

Es gab keinen Grund. Ich werde selbst nachsehen. Vielleicht haben Sie sich geirrt.

Sie kennen das Fräulein nicht. Ein kleines Boot auf dem unendlichen Meer. Es war für sie unerträglicher als die Kiste.

Der Kapitän drehte sich um und suchte nach der Puppe. Auch er konnte sie nicht finden.

Es ist meine Schuld. Dreißig Jahre Nachtwache! In dreißig Jahren bin ich kein einziges Mal eingeschlafen. Nach dreißig Jahren einmal, gleich geschieht ein Unglück. Ich bin schuld!

Sie kommt nicht zurück. Nie mehr werde ich ihre Stimme hören.

Der Affe hockte betroffen am Boden. Eine schwere Traurigkeit ließ das Gesicht des Kapitäns erstarren. Mehrere Stunden verharrten beide in ihrer Trauer, keiner bewegte sich, keiner brachte einen Ton über die Lippen.

Es hilft nicht, in Schwermut zu versinken. Ich gehe sie suchen.

Ich begleite Sie. Zwei sind besser als Einer. Die Augen des Kapitäns wachten aus der Trauer auf, sein Gesicht begann sich wieder zu bewegen.

Ich rieche Land. Sehen Sie, ich hatte Recht. In zwei Stunden werden wir an Land sein.

Sie ist aus dem Boot gefallen. Ich spüre es. Die Wellen haben sie an Land gespült. Ich spüre es. Sie wartet auf uns am Strand. Ich spüre es. Ich spüre es, ich spüre es…

Beruhigen Sie sich. Wir haben sie noch nicht gefunden. Wir müssen warten. Ich kenne das.

Ich weiß. Ich habe ein Jahr in der Kiste gewartet.

Der Kapitän hatte Recht. Nach zwei Stunden erreichten sie die Küste einer Insel. Der Strand nahm sich seltsam aus. Zwischen den feinen weißen Sandkörnern wuchsen dünne Grashalme, die dem Küstenstreifen einen grünen Hauch verliehen. Dazwischen Blumen, violette, blaue, rosafarbene, rubinrote, schwarze, Blumen in allen erdenklichen Farbschattierungen. Sogar

84

der Kapitän mit seinen dreißigjährigen Seefahrerkenntnissen schien überrascht. Er kannte viele Strände, die schneeweißen feinkörnigen, die dreckig grauen, die scharfkantig felsigen. Doch eine Insel, wo blühende Wiesen bis in das salzige Meer hineinwuchsen, hatte er noch nicht zu Gesicht bekommen.

Ich habe mich geirrt. Sie ist nicht hier.

Nicht an dieser Stelle! Vielleicht befindet sie sich an einem anderen Platz auf der Insel. Schwarzbart der Drachenheld und der Affe Mikado beschlossen, die Insel nach der Puppe abzusuchen. Vor ihnen öffnete sich eine fremdartige Natur. Schmetterlinge, groß wie der Kopf eines ausgewachsenen Menschen, durchzogen in Schwärmen die Insel. Vögel, klein wie der Fingernagel eines neugeborenen Kindes, saßen zu tausenden auf riesigen Früchten und verzehrten Bruchstücke des köstlichen Fruchtfleisches. Bäume, nicht höher als ein flacher Tisch, säumten die Wege, vollbeladen mit ihrem duftenden Obst, das gerade die Größe von Stecknadelköpfen erreichte.

Es ist verkehrt. Alles, was ich sehe, ist verkehrt herum!

Sie haben Recht. Für uns ist es verkehrt, vielleicht ist es aber für diese Insel genau richtig.

Der Affe Mikado übernahm die Führung. Auf dem Meer mochte sich der Kapitän auskennen, hier im Dickicht des Urwaldes wusste er besser Bescheid, selbst wenn alles verkehrt herum war. Überall machten sie dieselbe Erfahrung. Was sie als klein und zierlich kannten, war auf dieser Insel riesig, was sie als groß kannten, existierte auf der Insel in der winzigen Form einer Miniaturwelt.

Nach einem halben Tagesmarsch erreichten sie den Mittelpunkt der Insel. Vor ihnen war eine spiegelnde und doch unsichtbare, eine feste und doch durchsichtige, eine unüberwindbare Mauer. Unvermutet aus dem dichten Gebüsch sprang ein Löwe hervor. Er war nicht größer als der Schuh eines ausgewachsenen Menschen und doch machte sein Gesicht den Eindruck, als wäre er mindestens hundert Jahre alt.

Er ist verkehrt. Er ist klein wie ein Schuh. Ich werde mit ihm reden. Er kommt aus dem Urwald, ich stamme aus dem Urwald. Er muss meine Sprache verstehen.

Der Affe Mikado bewegte sich einige Schritte nach vorn, der Kapitän folgte ihm. Gerade als Mikado seine Anrede beginnen wollte, packte ihn eine Hand und zog ihn in die Höhe. Ehe sich Schwarzbart versah, wurde er von einer zweiten Hand gegriffen. Beide landeten in einem Gefäß, das eine Mischung aus einem leinenen Sack und einem geflochtenen Korb darstellte. Kaum hatten sie sich von ihrer Verwunderung erholt, sprang der Löwe zu ihnen hinab. Oben schloss sich der Deckel und ihre Fahrt in der ungewohnten Behausung begann.

17.

Am nächsten Morgen erschien einer der Seeräuber in der Pulverkammer und brachte Imito zum kahlköpfigen Piratenkapitän. Sie musste sich auf eine Holzkiste setzen, der Kapitän hatte es sich in seinem knarrenden Schaukelstuhl bequem gemacht. An der Tür postierten zwei Wachen.

Nun Wasserprinzessin, wie war die Nacht in der Pulverkammer?

Wenn die Sonne scheint, ist es hell und auf der Wiese wachsen Blumen.
Das Gesicht des Seeräubers verzog sich, verwundert kratzte er sich am Ohr.

Wer außer dir hat noch überlebt? Was ist aus dem alten Kapitän mit dem Affen geworden?

Affen leben im Urwald. In der Schule essen wir Bananen, manchmal Käsebrote mit Marmelade.
Imito hatte sich gestern Abend einen Plan zurechtgelegt. Warum sollte sie das Spiel nicht mitmachen? Warum sollte sie die Idee nicht aufgreifen, auf die sie einer der Seeräuber durch seine Bemerkung gebracht hatte?

Sie tat, als hätte sie das Gedächtnis verloren, schlimmer, sie tat, als hätte sie den Verstand verloren, als die Seeräuber das Boot mit den Puppenfiguren versenkten. Schließlich nahmen die Piraten an, dass sie auf dem Boot gewesen war.

Der kahlköpfige Kapitän wurde unwirsch.

Du erzählst uns, was ihr drei geplant habt, oder...

Einer der beiden Piratenwachen sprang nach vorn und flüsterte seinem Hauptmann etwas ins Ohr.

Ich glaube, sie hat damals den Verstand verloren. Wir müssen abwarten, vielleicht findet sie ihn wieder.

Unsinn, erwiderte der Piratenhauptmann, sie verstellt sich.

Wir müssen sie überlisten.

Eine gute Idee. Was schlägst du vor?

Ich hatte früher eine Tochter, so alt wie die Prinzessin. In diesem Alter sind alle Mädchen gleich, vorwitzig und verbessern einen, wo sie nur können. Nach einer Weile gibst du mir einen Befehl mit vielen Zahlen und verrechnest dich dabei.

Das fällt mir nicht schwer.

Ja, und wenn sie ihren Verstand noch besitzt, wird sie nachrechnen und dich verbessern.

Eine sehr gute Idee. Aber woher soll ich wissen, ob sie richtig verbessert hat und nicht irgendwelche Zahlen plappert?

Ich werde mit dem Kopf nicken. Wenn sie die richtige Zahl nennt, nicke ich mit meinem Kopf. Der Pirat stellte sich an die Tür zurück. Sein Hauptmann sah ihn mit finsterer Miene an.

Verdammt schlechte Nachrichten, die du bringst. Alle fünfzig Mann sollen an Deck. Die stärksten Zehn ziehen die Segel hoch, dreißig Mann machen die Kanonen gefechtsbereit, die restlichen zwanzig kommen unverzüglich...

Es bleiben nur noch zehn übrig, unterbrach ihn Imito. Wenn zehn Matrosen die Segel hochziehen und dreißig die...

Nach der Winzigkeit eines Augenblicks biss sich das Mädchen auf die Zunge. Verflixt, sie hatte die Falle zu spät bemerkt. Der Piratenhauptmann blickte zur Tür. Ein kurzes Nicken des anderen Seeräubers ließ ihn in ein donnerndes Gelächter ausbrechen.

Den Verstand verloren! Sie hat den Verstand verloren und kann besser rechnen als ich. Den Verstand verloren, hoohoohoho.

Nach einer Weile hatte er sich wieder beruhigt.

Nun wird es ernst, Wasserprinzessin. Du kannst uns nicht hereinlegen.

Imitos Plan war fehlgeschlagen. Ihr wurde bewusst, dass die Seeräuber gerissener waren, als sie vermutet hatte.

Woher kommst du? Ich meine, wo steht euer Schloss? fragte der Piratenhauptmann.

Ich wohne in keinem Schloss. Unser Haus hat fünfzig Stockwerke.

Kein Schloss, vielleicht eine Burg. Eine Burg mit fünfzig Stockwerken, dachte der kahlköpfige Kapitän. Ihr Vater wird ein wohlhabender König sein.

Wieviel Zimmer hat euer Schloss, ich meine die Burg?

Wir haben vier Zimmer. Ein Esszimmer, das Wohnzimmer, das Schlafzimmer meiner Eltern und mein Kinderzimmer.

Die Verwunderung des Piratenhauptmanns wuchs. Eine Burg mit fünfzig Stockwerken und nur vier Zimmer! Es mussten gewaltige Zimmer sein, viel größer als sein schwarzes Segelschiff. Hätte er nicht eben festgestellt, dass das Mädchen nicht den Verstand verloren hatte, spätestens jetzt hätte er es annehmen müssen.

Aber er kam aus einer fremden Welt. In ihr war die Zeit stehengeblieben. In seiner Welt gab es keine Eisenbahnen und Autos, keine Flugzeuge und Hochhäuser.

18.

Dein Vater muss sehr wohlhabend sein! Wieviel Diamanten trägt er in seiner Krone?

Imito überlegte.

Mein Vater besitzt zwei Kronen. Zum Fasching trägt er meistens die größere. Sie hat dreitausend Schmucksteine, natürlich aus Kunststoff.

Der Piratenhauptmann blickte auf das Mädchen hinab. Was für ein Fang war ihm gelungen! Eine Prinzessin, die in einer Burg mit fünfzig Stockwerken lebte, in einem Zimmer, das größer als sein Segelschiff war und deren Vater eine Krone aus dreitausend Schmucksteinen besaß.

Was ist Kunststoff? Ist er wertvoller als Gold?

Erst jetzt merkte Imito, dass die Piraten aus einer anderen Zeit kamen, aus einer Welt, in der die Zeit stehengeblieben war.

Zehnmal wertvoller! Ein Schmuckstück aus Kunststoff kostet 100 Goldtaler.

Der Piratenhauptmann kramte nervös in seiner Hosentasche. Mit weit aufgerissenen Augen hielt er Imito die beiden rubinroten Haarspangen hin.

Sind die Spangen auch aus Kunststoff?

Imito nickte.

Aber sie gehören mir.

Ich schlage dir einen Tausch vor. Für jede Spange 100 Taler aus Gold!

In Wirklichkeit dachte der Piratenhauptmann gerissener als er tat. Die Prinzessin war seine Gefangene. Was machte es, wenn er einer Gefangenen 200 Goldtaler gab. Letztendlich blieb das Gold auf seinem Schiff und damit in seinem Besitz. Der Handel war perfekt. Der Pirat behielt die beiden rubinroten Haarspangen, Imito bekam dafür 200 Goldtaler aus dem Seeräuberschatz.

Wie heißt du eigentlich, Wasserprinzessin?

Imito, aber Sie sind sehr unhöflich. Einer Prinzessin wird stets der Mann vorgestellt und nicht umgekehrt.

Der Piratenhauptmann winkte eine der beiden Wachen herbei.

Du stellst mich der Prinzessin vor, aber mit Anstand, wie es sich gehört!

Der Seeräuber machte eine ausgesprochen tiefe Verbeugung vor Imito.

Mein Fräulein, darf ich Ihnen unseren Anführer vorstellen. Schwarzbarat der Drachenheld. Er ist Kapitän des schwärzesten Piratenschiffes auf der ganzen Welt.

Imito zuckte zusammen. Der Piratenhauptmann trug denselben Namen wie der alte Kapitän. Ob jemand ein guter Kerl oder ein schlechter ist, lässt sich eben nicht an seinem Namen feststellen.

Genug!, rief Schwarzbart, für heute ist es genug. Bringt die Prinzessin in die Küche. Sie soll für uns kochen, bis wir ihr Land erreicht haben. Dort werden wir sie eintauschen, gegen einen Sack voll Kunststoff eintauschen.

Bevor die Wache mit Imito den Raum verließ, gab der Piratenkapitän den beiden einen vertraulichen Auftrag

Gebt Acht, wo sie das Gold versteckt! Ihr haftet mit eurem Kopf für die 200 Taler.

Die Wachen führten Imito nach draußen. Schwarzbarat, der Piratenkapitän, stellte sich vor den Spiegel und steckte die beiden rubinroten Haarspangen an seinen Bart. Es sah komisch aus, doch jeder sollte sehen, welch wertvollen Schmuck er besaß.

Für Imito war der Tag beinahe gut verlaufen. Sie war um 200 Goldtaler reicher, außerdem konnte sie in der Küche anstatt in der muffigen Pulverkammer bleiben. Hoffentlich schmeckte den Piraten ihr Essen. In alten Büchern hatte sie gelesen, dass Piraten die Köche ins Meer werfen, wenn das Essen versalzen oder angebrannt war. Darauf hatte Imito überhaupt keine Lust. Sie musste fliehen, sie musste so schnell wie möglich das Piratenboot verlassen.

19

Zwei Tage vergingen, keiner der Seeräuber hatte sich bisher über das Essen beschwert. Imito kochte, was sie zu Hause gelernt hatte, nur in wesentlich größeren Mengen. Am häufigsten verlangten die Piraten nach gebratenen Kartoffeln in ausgelassenem Speck. Egal, welches Gericht auf dem Speiseplan stand, am Ende servierte Imito stets eine riesige Schüssel Pudding, was sich die Seeräuber gern gefallen ließen.

Am dritten Tag beschloss das Mädchen, zu fliehen. Sie bereitete ein Essen aus gesalzenem Fisch, eine Mahlzeit, die unerträglich durstig machte. Es war das einzige Essen, das salzig schmecken durfte und Imito schüttete händeweise die weißen Körner in den Topf. Kaum hatten die Seeräuber ihre Mahlzeit verzehrt, da brüllten die ersten von ihnen nach Wein. Fässer mit Wein und Rum rollten an und jeder trank, soviel er ergattern konnte. Einige Stunden später waren die Seeräuber stockbetrunken. Der Steuermann hatte das Ruder mit einem Seil festgebunden und lag auf den muffigen Schiffsbrettern. Der Piratenkapitän befand sich in seiner Kajüte. Auf dem alten Schaukelstuhl schlief er seinen Rausch aus, sein fürchterliches Schnarchen übertönte das Knarren des Fußbodens beim Auf- und Abwiegen des Stuhles. Imito handelte schnell. Sie suchte ihre Habseligkeiten zusammen, die Rucksäcke und die 200 Goldtaler. Dann löste sie den Strick des Ruders und veränderte die Fahrt des Piratenschiffes, dass es genau in die entgegengesetzte Richtung segelte.

Hinten am Schiff war ihr kleines Boot festgebunden. Von oben warf sie die eingesammelten Sachen hinein. Es fehlten nur noch die rubinroten Haarspangen, die sich der Piratenkapitän in seinen Bart gesteckt hatte. Ohne sie konnte Imito unmöglich fliehen. So geräuschlos wie möglich schlich sie in die Kajüte. Der kahlköpfige Kapitän war im tiefen Schlaf versunken. Ohne Schwierigkeiten entfernte Imito die erste Spange aus dem zotteligen Bart des Seeräubers. In diesem Moment wurde das Schiff von einer größeren Welle erfasst, dass der Schaukelstuhl in ein heftiges Auf und Ab geriet.

Der Piratenkapitän fiel vornüber, schnell sprang Imito hinter eine Kiste. Schwarzbarat fasste sich an seinen schmerzenden Schädel und fuhr mit der Hand über den Bart.

Mein Schmuck, wer hat meinen Schmuck?, brüllte er. Seine Augen durchspähten die Kajüte. Da ist mein Schmuck, schrie der Seeräuber und stürzte sich auf den Tisch.

Auf dem schmalen Brett lagen noch die Reste des Mittagessens, darunter das aufgebrochene Gehäuse eines Hummers, den der Kapitän heute verzehrt hatte. Er griff nach einer der abgeteilten Hummerscheren und steckte sie sich an den Bart. Trunken wie er war, hatte er die Reste der Krebsscheren für die rubinrote Haarspange gehalten. Keine fünf Sekunden später war er wieder eingedöst. Vorsichtig kroch Imito aus ihrem Versteck und entfernte rasch die andere Haarspange. Als Ersatz steckte sie dem Piraten eine zweite Hummerschere in den Bart. Der Rest verlief ohne Komplikationen.

Sie kletterte in das kleine Boot und kappte mit einem Säbel, den sie von einem der Seeräuber genommen hatte, das Schlepptau. Der schwarze Piratensegler entfernte sich gen Norden, Imitos Boot fuhr Richtung Süden. Bald war das große Segelschiff hinter dem Horizont verschwunden.

Der Abend brach an, ein feiner Nebel entstieg dem Wasser und verband das Meer mit dem Himmel. Graue feuchte Schwaden zerflossen in die dunklen Schatten der Nacht. Imito konnte nichts mehr erkennen. Ihre Augen schmerzten und in ihrer Nase fing es an, unerträglich zu kribbeln. Sie musste niesen erst einmal, dann ununterbrochen. Es war wie auf einer Blumenwiese. Immer wenn sie über eine blühende Wiese lief, musste sie niesen!
Wie beim Heuschnupfen, den sie von ihrer Mutter geerbt hatte, wenn die vielen Blütenpollen, tausend kleinen Ameisen gleich, in der Nase kitzelten.

Vielleicht bin ich erkältet, dachte Imito, oder ich bin in der Nähe einer Blumenwiese. Aber hier ist nur Wasser, Wasser, Nebel und Nacht.
Danach schlief sie ein, versank in einen tiefen Schlaf, der sie in die schwarze Nacht hinabzog.

20.

Es ist dunkel. Ein Jahr Dunkelheit. Ihr Weinen ist verschwunden. Ein Jahr.

Ich denke, die Fahrt wird bald ein Ende nehmen.

Das gleiche habe ich ihr damals gesagt. Morgen wird es zu Ende sein. Morgen kommt das Ende der Dunkelheit und dann wieder morgen. Ein Jahr wurde es nie morgen.

Zerbrechen Sie sich nicht den Kopf. Ich kenne dunkle Kammern. Alle sind schwarz, aber man fühlt, wohin sie einen bringen und ich habe ein gutes Gefühl.

Der alte Kapitän Schwarzbart saß mit dem Affen Mikado in der verschlossenen Kiste, ihnen gegenüber hockte der fremde Löwe. Sie wussten nicht, aus welchem Grund er in die Kiste geklettert war.

Er bewacht uns. Jede schwarze Kiste hat Bewacher. Er ist einer von ihnen.

Der Löwe rührte sich nicht. Aufmerksam nahm er jedes Wort der beiden Figuren zur Kenntnis, registrierte jede ihrer Bewegungen.

Sie haben Angst. Auf dieser Insel gibt es keine Angst, sagte der Löwe. Sie haben sie aus Ihrer Welt hierher mitgebracht.

Er spricht. Er ist in einer schwarzen Kiste und hat keine Angst. Er spricht zu uns.

Sie müssen Ihre Angst vergessen. Auf dieser Insel kann niemand glücklich sein, der seine Angst mit sich trägt.

Sie wohnen auf dieser Insel. Wir sind fremd. Wer fremd ist, hat Angst. Es ist überall dasselbe.

Sie sind nicht mehr fremd. Sie werden für immer hier leben, Ihr Freund wird immer hier leben. Jeder, der diese Insel betritt, wird ewig bleiben.

Ich bin dreißig Jahre zur See gefahren. Ich brauche das Meer. Eine Insel ist ein Käfig im Wasser, wenn man das Meer kennt.

Sie werden es nicht vermissen. Jeder, der ankommt, vermisst etwas. Seine Freunde, sein Zuhause, seine Erinnerungen. Das ist natürlich. Doch die Zeit bringt Vergessen.

Wohin schaffen Sie uns?

In die Stadt, alle leben in der Stadt.

Kennen Sie eine Puppe? Wir suchen eine Puppe. Vor einigen Tagen ist sie verschwunden. Wir sorgen uns. Vielleicht ist sie auf der Insel hier angekommen, vor wenigen Tagen, vielleicht.

Es kommen viele an. An einigen Tagen fünf oder sechs, danach niemand. Es wechselt.

Sie trug blonde Haare, lange Haare bis über den Rücken.

Wir werden fragen. In der Stadt werden wir fragen. Alle leben in der Stadt.

Woher kommen Sie?

Ich kam über das große Wasser. Mit meinem Herrn kam ich über das große Wasser. Er kam mit uns über das Meer.

Wir verstehen nicht, wen Sie meinen, wer er ist?

Er trägt Sie. Jeden bringt er in die große Stadt. Sie werden sein Gesicht sehen, wenn er den Korb öffnet.

Ihr Herr lebt mit den Anderen in der großen Stadt?

Er ist kein Herr. Ich nenne ihn so, aber er ist keiner. Ich bin kein Sklave, niemand befiehlt über andere!

Das gleichmäßige Auf und Ab stockte. Vielleicht ein Hindernis? Die Fahrt ging nicht weiter.

Wir stehen. Die Stadt liegt erst hinter dem Berg. Ich weiß nicht, warum wir stehen. Es mag ein Unglück geschehen sein.

Kurz darauf klappte der Deckel hoch. Der Löwe kletterte nach oben und lugte ins Freie. Der Korb stand verlassen zwischen scharfkantigen Felsen.

Er ist fort. Aber er wird zurückkommen, immer kehrt er zurück. Folgen Sie mir, ich werde Ihnen etwas zeigen.

Der Löwe lief vorneweg, Schwarzbart, der alte Kapitän, und Mikado, der Affe folgten. Sie stiegen auf die höchste Stelle des Berges und der Löwe wies auf die Küste hinab. Am Wasser waren die Umrisse einer menschlichen Gestalt zu erkennen, neben dieser Gestalt standen zwei kleinere.

Draußen auf dem Meer trieb ein kleines Boot, es war nicht größer als das Holzschiff, in dem Schwarzbart und Mikado ihre Reise angetreten hatten. Das winzige Boot wurde in der Meeresströmung vor der Küste hin- und hergeworfen. Mit zunehmender Dauer entfernte es sich wieder vom Strand.

Sie hatten Glück, sprach der Löwe. Es gibt nur einen Platz, wo die Boote unsere Insel erreichen können. Sie haben die Stelle gefunden. Nicht jeder hat Glück.

Es war kein Glück. Ich bin dreißig Jahre zur See gefahren. In dreißig Jahren lernt man, auf Inseln zu landen.

Nicht jeder, der auf dem Meer ausgesetzt wird, verfügt über diese Erfahrung. Sie hatten Glück.

Was geschieht mit dem Boot?

Die Strömung treibt es fort. Irgendwohin. Niemand weiß es. Es geht verloren, irgendwohin verloren!

Der alte Kapitän nickte.

Ich fange an, zu verstehen. Keiner kennt Ihre Insel. Die Strömung hält alle Boote fern.

Sie sind ein guter Seefahrer. Draußen auf dem Meer gibt es eine unmerkliche Strömung. Dadurch werden die großen Schiffe der Menschen an der Insel vorbeigelenkt. Kein Mensch kann unser Land erreichen. Er ist der Einzige. Sehen Sie nach unten. Das kleine Boot entfernt sich. Es ist kein Menschenboot, deshalb hat es die Strömung draußen auf dem Meer überwunden. Aber vor der Küste existieren andere Wasserströme. Sie treiben das kleine Schiff aufs Meer zurück.

Wer ist auf dem Boot?

Ich weiß es nicht. Wenn er zurückkehrt, werden wir es wissen.

Das Bild unten an der Küste geriet in Bewegung. Die menschliche Gestalt war ins Wasser gesprungen und glitt wie Schatten durch die Wellen. Eine der beiden kleinen Gestalten folgte. Mühelos holten sie das treibende Boot ein und retteten die beiden Figuren, die auf dem offenen Meer zu verschwinden drohten. Danach machten sie kehrt und schwammen zur Küste zurück. Am Strand trennten sie sich wieder.

Er kommt. Wir sollten in die Kiste klettern.

21

Der Löwe lief voran, Schwarzbart und Mikado folgten. Sie kauerten sich auf den Boden des Korbes und warteten ab. Eine Weile später öffnete sich der Deckel und eine Hand, die sie bereits selbst gespürt hatten, griff in die Kiste. Sie zog den Löwen heraus. Erneut verstrichen einige Minuten, dann erschien der Löwe am Rand des Deckels.

Ich habe ihm gesagt, dass Sie leben. Es wundert ihn. Es kam noch nie vor. Wir verstehen nicht. Es ist alles neu, wir verstehen nicht. Ich soll es erklären. Es braucht seine Zeit, aber ich gebe mir Mühe. Unterbrechen Sie mich, wenn Sie nicht verstehen.

Wir wollen nicht sprechen. Wir werden zuhören, nur zuhören.

Der Deckel schloss sich. Es wurde schwarz wie vorher. Sie setzten ihre Fahrt fort. Im regelmäßigen Auf und Ab des getragenen Korbes begann der Löwe, ihnen die neue Welt zu erklären.

Vor mehr als fünfzig Jahren lebte ich in einer Stadt aus Beton und Glas. Menschen kamen, betrachteten mich, streichelten mein Fell und stellten mich auf das Brett zurück. Es war in einem Geschäft aus Glas und Beton. Eines Tages erschien ein kleiner Junge mit seiner Schwester. Er durfte sich ein Geschenk aussuchen und entschied sich für mich. Er hätte sich ein Auto, ein Flugzeug oder Bausteine wünschen können, doch er entschied sich für mich. Ich war damals ein zotteliger Stofflöwe.

Ich verstehe dich, dieser Junge ist dein Herr.

Wir wollen nicht sprechen. Nur zuhören. Lass ihn weitererzählen.

In meinem neuen Zuhause lernte ich eine Puppe kennen. Sie gehörte der Schwester des Jungen. Die Tage waren glücklich bis auf einen. Das Mädchen wurde von einer seltsamen Traurigkeit befangen und ich erfuhr von der Puppe den Grund. Sie musste sich von ihr trennen, das Mädchen sollte sich von der Puppe trennen. Bei den Menschen gibt es diesen Brauch. Am darauffolgenden Tag fuhren sie an die Küste. Die Puppen kamen in ein kleines Boot und wurden ins Meer gesetzt. So war es üblich.

Da fiel es dem Jungen auf, wie traurig seine Schwester war. Er fragte mich, ob ich genug Mut besitze, die Puppe zu begleiten. Das Boot hatte sich bereits ein gutes Stück vom Ufer entfernt.

Für den Jungen schien es kein Problem. Er schwamm dem Schiff hinterher, um mich zur Puppe zu bringen. Auf dem Rückweg erfasste ihn eine Welle. Es dauerte lange, bis er wieder auftauchte. Ich nehme an, dass er bewusstlos war. Aber er bekam unser kleines Boot zu fassen und hielt sich daran fest. Lange trieben wir dahin, bis wir diese Insel erreichten. An derselben Stelle, wo Sie gelandet sind. Es gibt nur diesen Platz. Und Sie sollten noch etwas erfahren. Eine Überlieferung besagt, dass nur vier Boote diese Stelle finden werden. Unser Boot war das Erste, Sie sind die Zweiten. Es werden zwei Andere folgen, nur noch zwei. Als wir ankamen, waren wir Figuren, leblose Figuren. Er trug uns über die Insel, bis wir zufällig eine besondere Stelle fanden. An diesem Platz werden die Figuren lebendig, die Puppen, die Tiere aus Stoff. Betritt ein Mensch diesen Platz, geschieht auch mit ihm eine Veränderung.

Ich kann es mir vorstellen. Als ich seine Hand sah, fiel mir die Haut auf.

Wir wollen nicht sprechen. Wir wollen nur zuhören, zuhören und verstehen.

Mehr kann ich Ihnen darüber nicht erzählen. Sie werden es feststellen, wenn Sie ihn sehen.

Ich berichtete von dem Platz, der die Figuren lebendig werden lässt. Mich hat es gewundert, auch ihn hat es gewundert, warum Sie beide, mein verehrter Kapitän und mein verehrter Affe, lebendig waren, als Sie die Insel betraten. Eigentlich müssen die Figuren vorher den besonderen Platz betreten. Aber es gibt Dinge, die wir nicht erklären können. Haben Sie meine Worte verstanden?

Schwarzbart nickte, auch Mikado ließ seine Zustimmung erkennen.

Wir suchen die Puppe. Alles war zu verstehen, aber wir verstehen nicht, was mit ihr geschah!

Ich muss viel mehr erklären. Fast jeden Tag kommen kleine Boote an der Insel vorbei. In ihnen sitzen die Puppen und die Tiere aus Stoff. Sie treiben über das Meer, weil es bei den Menschen diesen Brauch gibt. Einige von ihnen segeln an unserer Insel vorbei. Sie können die Küste nicht erreichen, wegen der Strömung, ich habe es Ihnen erklärt. Vorhin kam wieder ein Boot. Der Junge ist ins Wasser gesprungen, eine Puppe ist ihm gefolgt und sie haben die Schiffsinsassen gerettet. Deshalb haben wir angehalten.

Wer war in dem Boot?

Eine neue Puppe. Auf jedem Boot ist eine neue Puppe. Sie hatte einen Elefanten aus Stoff bei sich. Andere bekommen Proviant, Schmuck oder Bücher mit auf die Reise. Sie hatte den Elefanten aus Stoff.

Ich verstehe. Er bringt sie zu dem Platz, wo sie lebendig werden.

Sie haben Recht. Danach gehen wir gemeinsam in die Stadt.

Wie heißt diese Insel? Dreißig Jahre fuhr ich über das Meer und wusste nichts von ihr.

Niemand wusste von ihr. Sie war unbekannt, ohne Namen. Für uns heißt sie: „Die Insel der Figuren".

Treffen wir unsere verlorene Puppe in der Stadt?

Ich habe den Jungen gefragt. In jener Nacht, als Ihr Boot vor der Insel trieb, ist man zufällig auf Ihr Schiff aufmerksam geworden. In der dunklen Nacht war es nicht zu sehen, alles war zufällig. Durch das leise Schluchzen der Puppe wurde man aufmerksam. Zwei sind ins Wasser gesprungen und haben die Puppe gerettet. Es war sehr dunkel, deshalb wurden Sie nicht entdeckt. Wer nicht weint, wird in der Dunkelheit nicht gefunden, sonst hätte man Sie ebenso gerettet.

Es macht nichts. Ein Seefahrer rettet sich allein.

Sie haben es geschafft, das stimmt. In der Stadt werden Sie Ihre Freundin finden. Sie lebt jetzt bei den Anderen in der Stadt.

Während der Unterhaltung war eine Stunde verstrichen. Ein weiteres Mal öffnete sich der Deckel des Korbes. In der hellen Öffnung tauchte das Gesicht einen Jungen auf.

Hast du es ihnen erklärt?

Wir haben viel gesprochen. Es ist ihnen klar. Sie haben die Insel verstanden.

22

Ich bringe eure neuen Begleiter.

Der Junge streckte seinen Arm in den Korb, stellte eine Puppe und einen kleinen Elefanten zu den Anderen. Er verschloss den Deckel, schnallte sich den Korb wieder auf den Rücken und setzte seinen Weg fort.

In vier Stunden erreichen wir die Stadt, er trägt uns in die Stadt.

Dreißig Jahre habe ich unter den Menschen gelebt und ihre Gesichter studiert, er hat ein schönes Gesicht, aber ich sah nichts Außergewöhnliches. Sie haben gesagt, mit ihm ist eine Veränderung geschehen, auf dem Platz, wo die Figuren lebendig werden.

Es stimmt, was ich erzählt habe. Wir sind vor fünfzig Jahren auf die Insel gekommen.

Jetzt weiß ich, was Sie sagen wollen. Seit fünfzig Jahren lebt er in diesem Land. Fünfzig Jahre sind vergangen. Er hat noch immer das Gesicht eines Kindes.

Schwarzbart und Mikado betrachteten die Neuankömmlinge. Beide saßen mit gläsernen, in der Dunkelheit aufleuchtenden Augen in der anderen Ecke des Korbes. Sie bewegten sich nicht, sie atmeten nicht. Ihnen schien der Schreck der gerade erst überstandenen Fahrt übers Meer tief in den Gliedern zu stecken. Vielleicht würde es unmöglich sein, sie in die Welt der Lebendigkeit zu holen. Vielleicht gefiel es ihnen besser in der Welt der toten Leblosigkeit.

Der kleine Löwe richtete sich auf und sah Schwarzbart in die Augen.

Ich habe von mir erzählt. Sie wissen alles. Jetzt sollten Sie Ihre Geschichte erzählen.

23.

Ich möchte darüber nicht sprechen. Es lässt die alten Wunden aufbrechen.

Aber Sie haben viel erlebt. Dreißig Jahre auf dem Meer.

Schwarzbart überlegte. In seinen Gedanken war er dreißig Jahre über den Ozean gefahren. Doch die meiste Zeit stand er nur auf dem alten Holzschreibtisch. Dreißig Jahre mit seinen Gedanken sind auch eine lange Zeit, der kleine Löwe sollte nicht meinen, dass er, Schwarzbart der Drachenheld, wenig erlebt hatte.

Der alte Kapitän räusperte sich kurz und sah jeden der einzelnen Gäste an.

Als ich jung war, fuhr ich zuerst auf einem Zweimaster. Verstehen Sie, dass ist ein Boot mit zwei großen Masten, vorne einer, hinten einer.. Wir fuhren durch eine besonders gefährliche Meeresenge. Links und rechts ragten unbekannte Inseln ins Wasser. Niemand von uns wusste, wer in diesem Gebiet lebte. Ich bekam den Auftrag, auf den höheren Mast zu klettern, von dort die fremdartigen Inseln zu beobachten. Auf einmal löste sich ein Brett von der Außenwand des Schiffes.

Ich kenne das, sagte der Affe. Es war gefährlich. Die Haifische fehlen noch. Es ist immer dasselbe.

Lassen Sie ihn weitererzählen.

Es war gefährlich. Überall ragten spitze Felsen aus dem Wasser und drohten, das Boot an der leckgeschlagenen Stelle zu durchbohren. Der erste Offizier holte mich von der Aussichtsplattform herunter. Alle Seefahrer bildeten einen Kreis, das Los sollte entscheiden, wer ins Wasser springen und die Holzplanke holen musste. Sie können sich denken, wen es traf. Mich, den Unerfahrensten von allen. Welche Gefahren das Wasser barg, wusste keiner von uns. Je eher desto besser, dachte ich und sprang ins Meer. Nach wenigen Metern merkte ich, worauf ich mich eingelassen hatte. Drei spitze Haifischflossen folgten mir in immer engeren Kreisen. Das Schiff war zu weit entfernt, ich musste das Land erreichen. Meine einzige Rettung war die Küste, obwohl ich nicht ahnte, welche Gefahren dort lauerten. Plötzlich stieß ich auf etwas Hartes. Ein Felsen! Er war meine Rettung. Die Haifische konnten mir nichts anhaben, wenn ich mich auf diesen Felsen stellen würde. Also kletterte ich hinauf. Keine zwei

Minuten später setzte sich dieser Stein in Bewegung. Erst jetzt bemerkte ich, dass ich auf einer riesigen Schildkröte stand. Langsam und ruhig schwamm sie ans Ufer. Ich war gerettet, jedoch hatte ich meinen Auftrag noch nicht erfüllt. Ich sollte die Holzplanke aus dem Wasser holen. Die riesige Schildkröte war nicht zu bewegen, ins Meer zurückzukehren. Auf ihrem sicheren Rücken hätte ich meinen Auftrag erfüllen können, aber das schwere Tier ließ sich nicht bewegen.

Da entdeckte ich am Ufer eine eigenartige Pflanze, die ich nie zuvor gesehen hatte. Sie trug gelb-grüne Blätter, groß wie ein Ruderblatt, saftig wie eine frische Gebirgsquelle und zart wie der Flaum eines jungen Vogels. Eines der Blätter habe ich gepflückt und an einen langen Stock befestigt. Ich setzte mich wieder auf den Panzer der Schildkröte und hielt ihr das köstliche Blatt vor die Nase. Ihre Augen hätten Sie sehen sollen. Nie mehr in meinem Leben, nie mehr bin ich einer Schildkröte begegnet, die plötzlich so schnell kriechen konnte. Der Rest war einfach. Die Schildkröte konnte das Blatt nicht erreichen, weil es am Stock hing und ich auf ihrem Rücken saß. Sie hatte es ständig vor

Augen, den Geruch in ihrer Nase, aber sie konnte das köstliche Blatt nicht erreichen. Ich besaß eine Art Steuer, ein Schildkrötensteuer, mit dem ich das Tier beliebig lenken konnte. Auf diese Weise brachte ich die Schildkröte dazu, dass sie ins Wasser umkehrte und ich dirigierte sie durch die Wellen des Meeres auf die Holzplanke zu. Nachdem ich das Brett gerettet hatte, ließ ich mich zum Schiff zurückbringen. Zum Schluss gab ich ihr das Blatt, sie hatte es sich redlich verdient.

Der Affe Mikado kratzte sich verlegen am Kopf.

Ich kenne die Geschichte, ich kenne sie mit einem anderen Ende.

Es gibt viele Geschichten, die am Anfang gleich sind. Das ist unwichtig, hauptsache das Ende ist verschieden. Glauben Sie mir, ich habe dreißig Jahre erlebt. Da gibt es nicht nur Neues zu erleben - zum Glück.

Hatten Sie keine Angst? Die Schildkröte hätte untertauchen können. Sie wären verschwunden, für immer verschwunden.

Ich kann drei Minuten lang die Luft anhalten. Drei Minuten hätte ich mit der Schildkröte untertauchen können. Es ist kein Problem. In drei

Minuten findet sich für jedes Problem eine Lösung.

Wieder unterbrach die Fahrt. Durch einen winzigen Spalt schielte der Löwe nach draußen.

Wir haben die Stelle erreicht, er wird Sie holen. Jeder muss über diesen Platz.

24.

Der Deckel öffnete sich. Eine schmale Hand griff nach innen. Ihre Finger tasteten sich durch die Figuren, vor dem Kapitän machten sie halt.

Ich wundere mich. Du bist lebendig. Einer wie du muss ebenfalls über den Platz. Eine Verwechslung, es wird eine Verwechslung sein. Die Hand verschwand mit dem Kapitän durch den geöffneten Deckel. Zwischen den Felsen erstreckte sich eine kreisrunde Wiese. Wie mit einem Lineal gezogen, ragten die vielen Grashalme gleichförmig in die Höhe. Am Rand stand ein einzelner Baum, an dessen biegsamen Ästen rosafarbene Blüten in der Größe eines Wassereimers hingen. Schwarzbart sah den Jungen zum ersten Mal in seiner vollen Größe. Er mochte zehn, vielleicht elf Jahre alt sein. Die blasse Haut seines Gesichtes zog sich über den Hals hinweg und bedeckte den schlanken Körper. Wie ein halbgeöffneter Vorhang hingen die schwarzen Haare zu beiden Seiten über die Wangen, dazwischen beobachteten zwei hellgrüne, wache Augen das Geschehen. Bekleidet war der Junge mit Hosen, die nur bis zum Knie reichten, auf seinem Oberkörper trug

er eine ärmellose Weste, die aus Blättern gefertigt war. Er sah wie jeder Junge in diesem Alter aus, nur wenn man seine Geschichte kannte, wenn man wusste, dass er seit über einem halben Jahrhundert auf dieser Insel lebte, spürte man, dass sich irgendwo hinter den Zügen des glatten Gesichtes die Erfahrung von fünfzig Jahren Inselleben verbargen.
Der Junge betrachtete den Kapitän.

Du lebst. Es wundert mich. Keine Figur lebt, wenn sie auf die Insel kommt.

Ich bin immer so gewesen. Dreißig Jahre. Seit dreißig Jahren fahre ich über das Meer. Nur wer lebt kann über das Meer fahren.

Die anderen Figuren leben nicht, auch sie überqueren den Ozean.

Aber sie erleben es nicht. Ihre Schiffe schwimmen durch Stürme, durch aufgewühlte Meere, aber sie erleben es nicht.

Es mag sein. - Du musst über den Platz. Jeder muss auf den Platz.

Warum, ich lebe? Niemand braucht mich lebendig zu machen.

Du lebst und bist alt. Wer lebt und alt ist, wird bald sterben. Deshalb musst du über den Platz. Schwarzbart verstand.

Ist es schlimm? Was werde ich spüren?

Nichts wirst du spüren. Nachher ist es wie am Anfang.

Der Junge stellte die Kapitänsfigur auf den runden Wiesenplatz. Oft hatte er es beobachtet, für Schwarzbart war es das erste Mal.

Ein elastischer Ast des Baumes bog sich nach unten und stülpte seine rosafarbene Blüte über den Kapitän. Um ihn herum wurde es dunkel. Keine schwarze Dunkelheit, eine rötliche Dunkelheit zog sich um den alten Kapitän zusammen. Der süße Duft des Blütennektars hüllte die staubige Kapitänsfigur in eine Wolke. Blitzartig schnellte die riesige Blüte zurück und übergab die Kapitänsfigur wieder dem hellen Sonnenlicht der Insel.

Schwarzbart rührte sich nicht mehr. Wie ein zerbrochener Felsen lag er auf dem Boden. Seine Glieder waren versteinert, ziellos starrten seine Augen in den Himmel. Der Affe Mikado sprang wild umher. Sein Kreischen durchzog die Luft gleich einem schmerzerfüllten Trauergesang.

Er ist tot. Er war zu alt. Dreißig Jahre sind zu alt für eine Figur. Jetzt ist er tot!

Es gab keine andere Möglichkeit. Jeder muss über diesen Platz! Jeder, der diese Insel betritt. Das ist noch nie passiert.

Trotz dieses außergewöhnlichen Zwischenfalls musste der Junge auch die anderen Figuren auf den Platz stellen. Das Gesetz verlangte es. Überall gab es ein Gesetz, auf dem Meer, im fernen Land, auf dieser Insel. Wer das Gesetz nicht befolgte, durfte an diesem Ort nicht sein, manchen kostete das Gesetz das Leben.

Nacheinander stellte der Junge die drei anderen Figuren auf die Wiese: die neuangekommene Puppe, ihren blauen Elefanten, den Affen Mikado, der sich zunächst etwas wehrte, hatte er doch das Schicksal des Kapitäns mit eigenen Augen gesehen. Erst als der Junge dem Affen erklärte, dass er nicht so alt wie Schwarzbart war, fügte er sich. Sie alle gingen durch die Verwandlung aus der toten Leblosigkeit in die neue Welt des Lebens.

Wir müssen ihn begraben. Dreißig Jahre ist er über das Meer gefahren. Ein schönes Leben. Wir werden ihn im Meer begraben.

Aber wir können doch kein Loch ins Wasser graben, um ihn dort hineinzulegen, brummte der Elefant. Ich kann ihn auf meinen Rüssel nehmen und hoch oben in einen Baum legen. Dort ist er dem Himmel sehr nahe, kann sich jeden Tag kostenlos das Theaterschauspiel der Wolken ansehen.

Nein, unterbrach der Junge. Für ihn war eine Insel schon ein Gefängnis, wieviel mehr würde ein Baum ein Gefängnis sein. Wir werden ihn auf dem Meer begraben, wie es sich für einen Seefahrer gehört.

Der Junge holte einen schmalen, braunen Leinensack und legte die starre Kapitänsfigur hinein. Die zum Leben erwachte Puppe pflückte Blumen, mit denen sie den Leinensack zierte. Beladen mit ihrer Trauer hockten die drei Tiere, der Affe, der Löwe und der Elefant, neben dem Sarg aus Leinen. Gemeinsam bauten sie ein kleines Holzfloß und legten den braunen Sack darauf. Der Junge schritt zur Küste hinab, gefolgt von den Anderen.

Er brachte mich über das Wasser. Allein war es unmöglich. Jetzt ist er tot.

Er ist nicht tot. Er lebt in Ihrer Erinnerung weiter. Seine Geschichten leben in uns weiter.

Das Meer griff nach dem kleinen Holzfloß und entführte es der weißen Küste. Bald war es nur noch ein schmaler, dunkler Strich, der sich dem

Auf und Ab der Wellen willenlos fügte, bis er sich in die ersten Schatten der aufkommenden Dämmerung auflöste.

Wir müssen uns beeilen. Vor der Nacht wollen wir in der Stadt sein. Es ist besser.

Die Figuren kletterten in den Korb zurück und der Junge trug sie durch die aufkeimende Dunkelheit des Urwalds und des Abends. Von der Spitze des letzten Berges fielen ihre Augen in den Schein der zahllosen Feuer, die zwischen den Häusern einer Stadt brannten. Davor waren die Schatten der Figuren zu erkennen. Der Gesang ihrer Stimmen kletterte die Berge empor, zog sich über die Weite des Landes und verschwand mit dem Sog des Meeres in der dunklen Nacht.

25

In der Dunkelheit erreichten sie die Stadt. Der Feuerschein erfüllte die Meeresluft mit warmen, nach frischem Holz duftenden Luftströmen. Die Stadt bestand aus vielen kleinen Gebäuden. Einige waren zeltförmig errichtet, andere sahen wie kleine Hütten aus. Sie waren aus Ästen und festem Blattwerk, manchmal zusätzlich mit gehärtetem Lehm errichtet. Trotz der Dunkelheit waren die zahllosen Blumen zu erkennen, deren leuchtende Farben stärker waren als das Schwarz der Nacht und die als Schmuck an den Wänden hingen. Davor saßen die Puppenfiguren, sangen Wiegenlieder, tanzten miteinander oder erzählten sich Erlebnisse.

Viele Puppenfiguren hatten kleine Tiere an ihrer Seite. Es waren die Figuren aus Stoff, die sie auf der Reise begleitet hatten und die mit ihnen lebendig geworden waren. Die Puppen hatten in etwa die gleiche Größe, keine von ihnen war länger als ein Meter. Die Tierfiguren waren ebenfalls gleich groß, der Elefant nicht größer als der Affe, das Nashorn nicht länger als der Pinguin, die Giraffe nicht größer als der Frosch. Nur in Gedanken hatten sie ihre alte Größe behalten. Der kleine Elefant dachte immer noch, mit seinem langen Rüssel selbst die Blätter des höchsten Urwaldbaumes zu erreichen. In ihrer Gedankenwelt war einiges beim Alten geblieben, zu stark waren die Erinnerungen an das vergangene Leben.

Vor einer mit rosafarbenen Blumen übersäten Hütte machten sie halt. Der Junge hob die neuangekommene Puppe aus dem Korb und stellte sie mit dem kleinen blauen Elefanten neben den Eingang.
Euer Zuhause, sagte er, hier werdet ihr leben. Morgen baut ihr eine neue Hütte für den nächsten Ankömmling. Jeder errichtet eine Hütte für einen späteren Ankömmling.
Sofort eilten einige Puppenfiguren herbei und begrüßten die beiden Neuen. Eine Flut von Fragen ergoss sich über sie:
Wo habt ihr gelebt? Wie sah das Mädchen aus, von dem ihr kommt? Habt ihr noch eine Puppenfreundin zu Hause? Was hat euch das Mädchen erzählt, das euch geschenkt bekommen hat? Welche Lieder hat sie euch beigebracht?
Bereitwillig gab die neuangekommene Puppe Antwort. Sie war nicht müde, obwohl sie einen

anstrengenden Tag hinter sich hatte. Auf der Insel gab es keine Müdigkeit, es gab keinen Schlaf in der Nacht. Zu allen Zeiten herrschte die gleiche Regsamkeit, tagsüber wie nachts.

Der Junge lief weiter, dann machte er ein zweites Mal halt. Sie standen vor einer Hütte, die mit gelben und violetten Blüten umrankt war. Von innen ertönte eine Stimme, die ein trauriges Lied in die Nacht hauchte. Der Affe Mikado wurde unruhig. Ehe der Junge sich versah, war er aus dem Korb gesprungen und in der Hütte verschwunden. Das traurige Lied verstummte....

Mit einem Augenzwinkern sah der Junge zum kleinen Löwen hinüber.

Ein Jahr waren sie in einer dunklen Kiste. Er hat sie wiedergefunden.

Ja, aber sie wird traurig bleiben. Mikado wird ihr vom alten Kapitän erzählen, dann wird sie wieder traurig. Können wir ihr helfen?

Nein, sie wird den Kapitän vergessen. Das Vergessen hilft. Es braucht seine Zeit.

Mikado hatte die Puppe wiedergefunden. Der Junge kletterte mit seinem kleinen Löwen auf einen hohen Felsen. Sie wollten das Meer beobachten, nach verlassenen Booten mit neuen

Figuren Ausschau halten, die ihre Hilfe brauchten, allein nicht das Land erreichen konnten. Doch die Nacht war zu dunkel. Ihre Blicke konnten die Finsternis nicht durchdringen, sie erreichten nicht das unruhige Meer.

Lass uns umkehren, sagte der Junge. Heute Nacht hat es keinen Sinn.

Du hast Recht. In dieser Nacht wird kein Boot eintreffen.

26.

Als Imito kurz aufwachte, war der Morgen noch weit entfernt. Sie mochte eine, allerhöchstens zwei Stunden geschlafen haben. Der schwarze Piratensegler war in der Nacht verschwunden, eine dichte Wand aus Nebel hatte sich zwischen ihrem kleinen Boot und dem gewaltigen Seeräuberschiff aufgebaut. Irgendwann würden die Piraten aus ihrer Trunkenheit erwachen, doch dann wäre Imito weit genug weg. Sie legte sich zurück und verschwand wieder in der Welt des Schlafs.

Er war ein Jahr in der Kiste. Es kann nicht schlimmer gewesen sein. Es gibt kein Heraus. Für einen Tag? Für ein Jahr? Ich weiß es nicht. Oben ist es zu! Unten ist alles verschlossen. Wie damals, als unser Schiff unterging. Alles war dunkel, dunkel, verschlossen und nass.

Mit einem dumpfen Knall stieß Imitos kleines Boot gegen einen harten Gegenstand, der im Wasser trieb. Der Aufprall war nicht stark genug, um das Mädchen wieder aufwachen zu lassen.

Es ist dunkel. Niemand kann in dieser Situation lenken. Gefährlich ist es. Vielleicht hat das Boot eine Außenplanke verloren. Das wäre gefährlich. Damals hatten wir eine verloren. Niemand wusste, warum! Ich, der Jüngste, musste ins Wasser.

Ein weiteres Mal stieß Imitos' Boot gegen einen harten Gegenstand. Diesmal heftiger, sie wachte auf.

Ich spring doch ins Wasser. Nein, so dumm war ich nicht. Also muss einer seinen Kopf gebrauchen, wenn er nicht springen will.

Imito rieb sich die Augen. Eine Weile verstrich, bis sie richtig zu sich kam. Der Nebel war dichter geworden, man konnte ihn anfassen wie eine Gardine. Zu erkennen war nichts, und doch hörte sie jemanden sprechen. Eine Stimme, weit entfernt wie aus einer Kiste. Das Mädchen legte die Hände an ihre Ohren, um die verwaschenen Wörter besser zu verstehen.

Will einer nicht springen, muss er seinen Kopf gebrauchen. Nur die Dummen springen, ohne vorher nachzudenken. Dumm bin ich nicht, andere vielleicht. Nach dreißig Jahren ist man nicht dumm. Soll erst einer nachmachen. Drei Jahrzehnte übers Meer fahren. So einer ist nicht dumm. Doch jetzt bin ich der Dumme. Verflixt, dreißig Jahre frische Seeluft und dann dieser muffige Sack.

Unvermutet wurde es wieder still. Imito hatte sich jedoch die Richtung gemerkt, aus der die Worte der Nacht gekommen waren und suchte mit ihrem Arm das Wasser ab. Nach wenigen Bewegungen hielt sie einen kleinen durchnässten Leinensack in ihrer Hand. Vorsichtig öffnete sie die Schnur. Die alte leblose Kapitänsfigur rollte ihr entgegen.
Imito erschrak. War alles nur ein Traum? Wie war der alte Kapitän hierhergekommen? Sie hatte ihn auf das kleine Boot gesetzt, jetzt steckte er in einem dunklen Sack. Wo war die Puppe und wo der Affe Mikado?
Der Kapitän lag regungslos in Imitos Hand. Irgendwie hatte sie das Gefühl, er würde sich totstellen, so wie sich ein verfolgtes Tier totstellt, um vor seinen Jägern unentdeckt zu bleiben. Im Schein der Taschenlampe schaute

sie der alten Figur ins Gesicht. Der Kapitän sah jünger aus, jünger als bei seiner Abfahrt. Das rechte Auge war zugekniffen, das linke schien etwas geöffnet. Da half nur eine Probe. Imito kitzelte die Kapitänsfigur unter den Armen. Der Mund verzog sich in ein breites Lächeln und ein dröhnendes Lachen quoll von der dicken Zunge.

Jetzt öffnete der Kapitän seine Augen. Als er Imito sah, schien seine Überraschung groß. Anfangs glaubte er, den Seeräubern in die Hände gefallen zu sein.

Er hatte nicht damit gerechnet, so schnell das Mädchen zu finden.

Ich habe Glück. Dreißig Jahre auf dem Meer und ich habe wieder Glück.

Der alte Schwarzbarat erhob sich, verbeugte sich vor Imito und sagte:

Gnädiges Fräulein, ich stehe zu Ihren Diensten.

Nur nicht so steif, antwortete Imito, ich finde, wir sollten Freunde sein. Niemand braucht sich vor dem Anderen zu verbeugen.

Alte Schule, räusperte sich der Kapitän. Sie müssen das verstehen. Aber Freunde sein ist mir ebenfalls recht.

Was hast du vorhin für eine verrückte Geschichte erzählt? Von einer dunklen Kiste, von ins Wasser springen und der verlorenen Holzplanke.

Sie kennen mein erstes Abendteuer nicht? fragte Schwarzbart.

Nur den Anfang, was du vorhin erzählt hast.

Ich werde Ihnen die Geschichte genau erklären. Ich fuhr das erste Mal auf einem Zweimaster. Plötzlich ein Knarren, ein dumpfer Aufprall, dann ein Knall. Wir hatten einen Eisberg gerammt. Ein Eisberg, der spitz wie ein Dolch aus dem Wasser ragte. Es war ungewöhnlich. Ich sehe es vor mir, als würde es gerade eben passieren. Unser Schiff durchquert den warmen Golfstrom. Niemand erwartet in diesem warmen Wasser einen Eisberg. Wie aus dem Nichts taucht die weiße Spitze auf und reißt eine Holzplanke vom Bootsrumpf. Zum Glück hält die Innenwand, es kann kein Wasser eindringen. Aber der erste Offizier entscheidet, dass ich die Holzplanke aus dem Meer holen soll. Ich will ins Wasser springen, da tauchen die ersten Haifische auf. Alles Warten hilft nichts, es werden nicht weniger, sondern immer mehr. Schließlich hole ich mir ein Seil und knote es zu einem Lasso. Drei- viermal schleudere ich die Schlinge ins Wasser. Nur um Zentimeter verfehlt sie das Holzbrett. Die Matrosen lachen mich aus, der erste Offizier ist ärgerlich. Bis zum Abend gibt er mir Zeit, die Holzplanke aus dem Wasser zu holen.

Was tun? In solchen Momenten hat Schwarzbart immer die richtigen Einfälle. Ich wartete eine Stunde ab, bis sich die Anderen wieder ihrer Arbeit zugewandt hatten. Dann schnell in die Kajüte des ersten Offiziers. Von der Unterseite seiner Koje entferne ich ein breites Brett und schleiche mich zurück aufs Deck. Rasch die Holzlatte ein wenig bearbeiten, dass sie den Anschein erweckt, jahrelang im Salzwasser geschwommen zu sein. Das Weitere war ein Kinderspiel. Unbemerkt binde ich die Holzlatte vom Bett des ersten Offiziers an meine Schlinge und werfe das Seil ins Wasser.

Dann brülle ich aus Leibeskräften:

Ich habe es geschafft, ich habe es geschafft! Durch mein Rufen eilt die Mannschaft herbei. Vor ihren erstaunten Augen ziehe ich die vermeintliche Schiffsplanke aus dem Meer. Und das Beste von der Sache: Seit diesem Tag konnte der mürrische, dumme 1. Offizier keine

Nacht mehr gut schlafen. Ihm fehlte das Brett aus seiner Koje, aber er hat es bis auf den heutigen Tag nicht gemerkt.

Der alte Kapitän schmunzelte.

Voller Bewunderung blickte ihn Imito an.

Du bist ein kluger Held. Ein dummer Held wäre ins Wasser gesprungen. Du bist ein Kluger.

Mag sein, räusperte sich der alte Kapitän.

Er war es nicht gewohnt, von einem jungen Fräulein solch ein dickes Kompliment zu bekommen.

Nun musst du mir sagen, was mit der Puppe und meinem Affen Mikado geschehen ist.

27

Schwarzbart begann seine lange Erzählung. Er berichtete, wie sie auf den schwarzen Piratensegler getroffen waren und von ihrer glücklichen Rettung im kleinen Ruderboot. Von den beiden Schatten, die in der Nacht die Puppe geholt hatten, wie sie glücklich die Insel erreichten. Von der fremden Natur, dem kleinen Löwen und seinem Herrn, einem Jungen, der seit fünfzig Jahren auf der Insel lebte und immer noch wie ein Junge aussah. Er erzählte von der wundersamen Rettung einer Puppe auf dem offenen Meer, von der kreisrunden Wiese und dem Baum mit den rosafarbenen Blüten.
Gebannt lauschte Imito seinen Worten.

Und du hast dich totgestellt? Ich verstehe nicht, warum hast du dich totgestellt, nachdem dich die Blüte wieder freigegeben hatte?, fragte das Mädchen.

Es ist einfach. Alles Richtige ist einfach. Ich wusste, dass ich auf einmal unsterblich geworden war. Wer unsterblich ist, hat keine Angst mehr. Wer keine Angst hat, sieht und fühlt viel anders. Dinge, die er nie gesehen hat, nimmt er plötzlich wahr. Und ich wusste von einem Moment zum anderen, dass jemand in großer Gefahr ist. Ich meine Sie, mein gnädiges Fräulein. Ich spürte, dass Sie meine Hilfe benötigten. Also musste ich Ihnen zu Hilfe kommen. Wie hätte ich es dem Jungen erklären sollen. Deshalb stellte ich mich tot. Ich wusste nur zu genau, dass sie mir ein Seebegräbnis geben würden. Warum sollte ich Angst haben? Ich war unsterblich geworden, da hat man keine Angst, selbst wenn man in einen dunklen Sack gesteckt wird, weil die Anderen einen für tot halten. Ich wusste, dass es die einzige Möglichkeit war, Sie auf dem Meer zu finden. Meine Überlegung gab mir Recht, wie Sie sehen.

Imito verstand. Der alte Kapitän hatte sich totgestellt, hatte sich in einen dunklen Sack ins Wasser legen, auf dem Wasser begraben lassen, um sie zu finden.

Ich stehe in deiner Schuld, sagte Imito.

Nein, für Freunde gibt es keine Schuld. Ich werde Ihnen noch etwas verraten. Es gibt nur eine Stelle, wo man auf der Insel anlegen kann. Ich kenne diesen Platz. In einer Stunde werden wir dort sein. Nur noch zwei Boote werden die Stelle finden. Ihr Boot ist das erste.

Schwarzbart der alte Drachenheld, wies dem Mädchen den Weg. Von weitem erkannte sie die blumenübersäten, grünen Wiesen, die sich bis ins Wasser erstreckten. Größer und größer wurden die Umrisse der Insel.

Etliche Seemeilen entfern tauchte ein schwarzer Punkt am Horizont auf. Die Konturen von drei pechschwarzen Segeln hoben sich vom Wasser ab. An der Reling stand ein roher, bärtiger Kerl und blickte grimmig durch sein Fernrohr. Als das kleine Boot in seinem Blickfeld auftauchte, blitzten seine Augen auf.

Sie wird es büßen, grollte die tiefe Stimme. Auf ein kurzes Handzeichen des grimmigen Seefahrers drehte der schwarze Piratensegler backbord und folgte der sich verlaufenden Spur des kleinen Bootes, indem Imito und der alte Kapitän saßen.

28.

Wie der Kapitän vorausgesagt hatte, erreichten sie in einer Stunde die Insel.

Kein Wunder, dass ich so viel niesen musste, sagte Imito erstaunt, als sie die Wiesen mit den zahllosen Blumen erblickte.

Heuschnupfen?, fragte der Kapitän.

Ja, eigentlich sollte es Blumenschnupfen oder Pollenschnupfen heißen. Ich habe ihn von meiner Mutter geerbt.

Der Kapitän war ein sehr erfahrener Seefahrer, wie es sich bei jeder seiner Handlungen zeigte. Imito wollte losstürmen, wollte die neue Inselwelt erkunden. Aber Schwarzbart hielt sie am Ärmel fest.

Wir müssen das Boot sichern. Auf einer Insel ist ein Boot wie Wasser in der Wüste.

Beide hatten Mühe, das Ruderboot weit genug auf den Strand zu ziehen. Anschließend banden sie es an einen kräftigen Baum. Das Mädchen staunte über die neue Welt. Sie kam ihr fremd, zugleich jedoch richtiger als irgendetwas anderes vor.

Wenn ich für meine Puppe einen Garten angelegt hätte, sagte Imito, würde er genauso aussehen, die kleinen Bäume und Sträucher, die winzigen Früchte, die vielen Vögel und die großen bunten Schmetterlinge.

Ich weiß nicht, erwiderte Schwarzbarat. Ich brauch' nur einen großen Nussbaum und darunter eine gemütliche Bank. Wir müssen uns eilen!
Der Kapitän blickte auf die dunklen Wolken, die sich am Himmel zusammenzogen. Zielstrebig führte er das Mädchen durch den dichten Urwald, bis sie vor dem geheimnisvollen Fleck der runden Wiese standen.

Ein Baum mit rosafarbenen Blüten, rief Imito. Rosa, überall rosa, es ist wie im Märchen.
Der Kapitän zeigte auf den grünen Rasen.

Du musst in den Kreis.

Warum? Ich will es mir erst überlegen.

Es gibt ein Gesetz. Jeder muss in den Kreis.
Und dann?

Dann bist du unsterblich.

Ja, unsterblich und ich werde nicht mehr älter. Nein Danke, lieber Schwarzbart. Ich möchte nicht mein Leben lang ein kleines Mädchen bleiben. Wann soll ich erwachsen werden, wann soll ich alles dürfen, was die Erwachsenen machen: keine Schule mehr, Geld verdienen, ein Auto kaufen, verreisen.

Du redest nicht klug. Ich kann dir keine Erklärung geben. Es ist das Gesetz. Das Gesetz

der Insel verlangt, dass jeder in den Kreis geht.
Der Junge hat es gesagt.
Imito überlegte. Ihre Gedanken wankten zwischen beiden Möglichkeiten wie das stetige Auf und Ab einer Wippe. Sie konnte sich nicht entscheiden. In der Zwischenzeit hatten sich noch mehr dunkle Wolken über der Insel zusammengebraut. Ein kräftiger Wind kam von der See und fegte über die Bäume hinweg.

Ich will erst in die Stadt, sagte Imito. Schwarzbart war unsicher, doch er ließ sich überreden. Der alte Kapitän eilte vorneweg, das Mädchen folgte ihm. Bald hatten sie jene unsichtbare, widerspiegelnde Wand erreicht, die wie eine Mauer aus Glas die Insel in zwei Hälften teilte. Schwarzbart lief durch diese Wand, als würde sie für ihn nicht existieren, als wäre sie Luft, Luft und Nichts. Als Imito die gleiche Stelle erreicht hatte prallte sie gegen die Grenze, als wäre sie mit voller Wucht gegen eine Betonmauer gelaufen. Sie stürzte rückwärts zu Boden und schlug auf die harten Steine auf. Schwarzbart machte kehrt. Warum, wusste er nicht, aber er hielt vor der unsichtbaren Mauer an.

29

Vorsichtig versuchte er, sie zu überwinden. Aus dieser Richtung war es auch ihm nicht möglich. Er konnte nicht umkehren zu Imito, obwohl das Mädchen nur wenige Zentimeter von ihm entfernt war. Im nächsten Moment brach aus den schwarzen Wolken das Unwetter los. Blitze, lang wie Berge und grell wie die Wüstensonne, durchzuckten die Luft, der tosende Donner versetzte die großen Felsen in unheimliche Vibrationen. Im Erdboden bildeten sich Risse, wurden größer, wuchsen zu Spalten und kleinen Gräben an. Plötzlich riss die Erde unter Imito auf. Ein riesiges schwarzes Loch verschlang die Steine und zog das Mädchen in die dunkle Tiefe hinab. Erstarrt blickte Schwarzbart auf die andere Seite. Aus dem Urwald trat ein kleiner Schatten ins Freie. Ein zweiter folgte.

Ich habe es ihr erklärt, sagte der alte Kapitän. Ein Gesetz, überall gibt es ein Gesetz.

Wir haben das Gesetz nicht gemacht. Es war da, bevor wir auf der Insel lebten. Es ist überall. Es ist sogar in dem großen schwarzen Loch.

Die Situation war neu und fremd. Selbst der Junge, der seit fünfzig Jahren auf der Insel lebte, hatte sie nie zuvor erlebt.

Es gibt kein Problem, sagte Schwarzbart. Ich meine, kein Problem ohne Lösung, sonst wäre es kein Problem. Damals, als ich mit der Seefahrerei anfing, ereignete sich ein Unglück. Jedes Unglück zieht ein Problem hinter sich her wie eine Dampflokomotive einen Kohlenanhänger.

Neben dem alten Kapitän standen der Junge und der kleine Löwe. Wenige Kilometer entfernt lag die Stadt. In einer Hütte hockte der Affe Mikado, neben ihm Imitos Puppe. Eben noch hatte sich die Puppe mit dem Affen unterhalten, auf einmal brach sie in leises Schluchzen aus.

Sie weint wieder. Ein Jahr Weinen. Es ist wie in der schwarzen Kiste. Sie ist draußen. Sie lebt in der Hütte aus Licht. Aber sie weint. Alles ist wie früher: Dunkel und schwarz und sie weint.

30.

Eine halbe Stunde später hatte das Unwetter
aufgehört. Der Wind blies den Rest der dunklen
Wolken auf das Meer hinaus, fast in die
Richtung, aus der sich der schwarze
Piratensegler der Insel näherte.
Der Junge machte einen Schritt nach vorn und
sah den alten Kapitän in die Augen.

Sie müssen mir später erzählen, warum Sie
leben. Ich dachte, Sie wären tot. Alle dachten
es. Jetzt leben Sie wieder.
Später, hatte der Junge gesagt. Es blieb Zeit,
eine lange Zeit, bis das Später kommen würde.

Sie können nicht durch die Wand. Ich habe es
versucht. Es gibt kein Hindurch.
Schwarzbart wies auf die unsichtbare Mauer.

Ich kann! Das Unwetter ist vorbei. Jetzt ist
die Mauer wieder frei und durchgängig.
Mit leichten Schritten lief der Junge vorneweg,
etwas unsicher folgten Schwarzbart und der
Löwe. Vom Rand des schwarzen Lochs blickten
ihre sechs Augen in die Tiefe. Die wenigen
schwachen Sonnenstrahlen reichten aus, um bis
auf den Boden hinabzusehen. Unten lag Imito.
Das Mädchen rührte sich nicht. Ihre Augen

waren nach oben gerichtet, als suchten sie einen Sonnenstrahl zum Festklammern.

Wir können nicht hinunter. Es ist zu tief. Tief und gefährlich.

Der alte Kapitän überlegte.

Es gibt kein Problem ohne Lösung, sagte er wieder. Eine Lösung muss es geben.

Beinahe unbemerkt von den Anderen war der Affe Mikado erschienen. Auch er blickte fassungslos in die Grube. Dann sah er zu Schwarzbart hinüber.

Sie können es beweisen. Beweisen Sie Ihre Rede: ‚Kein Problem, wo nicht auch eine Lösung existiert'. Sie können es beweisen, jetzt hier, an dieser Stelle.

Schwarzbart nickte.

Es ist einfach. Auf der Wiese steht der Baum. Seine Blüten sind das Leben. Wer unter den rosafarbenen Blüten steht, er lebt. Wir müssen sie unter den Baum schaffen.

Der Junge schüttelte den Kopf.

Es ist zu tief. Ich kann allein hinabsteigen, vielleicht. Ich könnte es versuchen. Aber ich vermag sie nicht nach oben zu tragen. Und ohne mich könnt ihr sie nicht hochziehen.

Wir werden eine Blüte abschneiden. Es ist einfach. Eine abgeschnittene Blüte wird an ein Seil gebunden. Die Blüte lassen wir in das schwarze Loch hinab, sodass sie über das Mädchen fällt. Es ist die Lösung. Imito wird wieder leben.

Der Affe Mikado war begeistert:

Sie haben es bewiesen. Eine Lösung für ein Problem. Sie haben Recht.

Unerwarteterweise schüttelte der Junge wieder den Kopf.

Wir dürfen den Baum nicht verletzen. Niemand darf eine Blüte abschneiden. Das Gesetz sagt es. Eine Weile verstrich. Schwarzbart überlegte, sein Gesicht verwandelte sich in ein Gebirge aus Falten. Plötzlich rannte er los. Wie von einer Tarantel gestochen rannte er zur kreisrunden Wiese mit dem lebensspendenden Baum.

Tun Sie nichts Verbotenes!, rief der Junge. Es ist gefährlich.

Mit hastigen Schritten folgte er dem Kapitän. Atemlos erreichten beide die Wiese.

Ich habe es gewusst. Die Lösung liegt vor uns. Schwarzbart wies auf die Erde. Das Unwetter hatte vor dem Baum nicht halt gemacht. Ein Blitz war in einen der Äste eingeschlagen, feine

Rauchschwaden stiegen aus dem verkohlten Holz in die Höhe. Der abgebrochene Ast lag am Boden. Schwarzbart und der Junge nahmen von ihm eine Blüte und liefen zurück. Aus Schlingpflanzen fertigten sie ein langes Seil, banden die rosafarbene Blüte fest und ließen sie hinab.
Kurz darauf verschwand Imito unter dem Blütenkelch wie unter einer riesigen Glocke. Lange Zeit tat sich nichts.
Mikado der Affe wurde unruhig.

Sie wirkt nicht. Es ist eine tote Blüte. Abgebrochen vom Baum. Sie kann nicht helfen.

31.

Die Blüte wird helfen, beruhigte ihn Schwarzbart. Das Mädchen wird nicht unsterblich, das wollte sie auch nicht. Aber sie wird lebendig. Dafür reicht es.

Wieder einmal bekam die Erfahrung des alten Kapitäns Recht. Zwei Hände schoben sich durch die Blütenblätter, rückten sie wie Vorhänge zur Seite. Aus dem Dunkel tauchte die Gestalt Imitos auf.

Sie lebt! schrie Mikado. Sie hatten Recht. Alles haben Sie bewiesen. Das Problem. Die Lösung.

In seiner Begeisterung sprang er an das Seil und rutschte in die schwarze Grube hinab.

Binden Sie sie fest!, rief der Junge hinterher. Wir ziehen Euch nach oben.

Wird sich der Baum erholen?

Ich weiß nicht. Ohne Baum geht die Insel verloren. Wir müssen warten, warten und hoffen.

Das Mädchen hochzuziehen machte weniger Mühe als erwartet. Auf ihren Schultern hatte der Affe Platz genommen. Während die Fahrt aufwärtsging, flüsterte Mikado dem Mädchen etwas ins Ohr.

Oben angekommen sprang er auf die Erde, machte eine tiefe Verbeugung und sagte.

Darf ich vorstellen: Schwarzbart der Drachenheld, Sie kennen ihn bereits und neben ihm unser neuer Freund. Er heißt....
Mikado wies auf den Jungen. Er war ihr neuer Freund und sie kannten nicht einmal seinen Namen.

Ich heiße Tham, sagte der Junge. Meinen früheren Namen habe ich vergessen, auf der Insel heiße ich Tham. Sie sind sicherlich Imito, ihre Freunde haben mir bereits einiges von Ihnen erzählt.
Es gab viel zu reden. Unentwegt wechselten die Sätze zwischen den beiden, als würde ihr Leben vom Reden abhängen.

Der Rucksack!, unterbrach Imito plötzlich die Unterhaltung. Er liegt noch in der Erde.
Mikado erklärte sich bereit, noch einmal in das schwarze Loch hinabzusteigen. Er brauchte etwas Zeit, die beiden Rucksäcke in der Dunkelheit zu finden.
Am Rand stand der alte Kapitän und blickte nervös auf die feinen Spalten im Erdboden. Zuerst war nur ein leises Grummeln zu

vernehmen, es wurde lauter und erreichte schließlich die Stärke eines kleinen Erdbebens.

Wir müssen ihn hochziehen! Tham, die Erde schließt sich wieder.

Mit vereinten Kräften zogen sie am Seil, es war schwer, als hinge eine Tonne Blei am anderen Ende.

Es ist nicht zu schaffen!, schrie Imito.

Tham war sehr aufgeregt.

Lassen Sie die Rucksäcke fallen. Wir bekommen Sie nicht mehr hoch.

Nein!, schrie Imito. Ihre Freundin, im Rucksack steckt ihre Freundin.

Die Hilferufe des Affen drangen aus der Dunkelheit nach oben.

Machen Sie schnell, es bleibt keine Zeit!

Auf dem offenen Meer sammelten sich die dunklen Gewitterwolken über dem schwarzen Fleck des Piratenseglers. Wie ein Falke stürzten sie auf das Seeräuberschiff hinunter und verschlangen es in ihrem schwarzen Rachen.

32

Im wirklich allerletzten Moment schafften sie es, den Affen aus dem Loch herauszuziehen. Mit einem lauten Knarren verschloss sich die Erde wieder. Nur das letzte kleine Stück vom Schwanz des Affen blieb in der wieder verschlossenen Erde eingeklemmt. Mikado konnte sich nicht vom Fleck bewegen. Ich brauch Eure Hilfe, wimmerte er, mein Schwanz, er steckt in der Erde.
Erst jetzt bemerkten die Anderen das Unglück. Mit allem Möglichen, das sie finden konnten, versuchten sie die Erde um das Schwanzende aufzulockern. Vergeblich! Die Erde war härter als Beton. Die schweren Rucksäcke in der Hand zerrten Mikado nach vorn und rissen somit am feststeckenden Schwanz, trotzdem weigerte er sich, die Rucksäcke aus der Hand zu geben.

Sie müssen das Ende abschneiden, wimmerte er. Es gibt keine andere Möglichkeit. Aber nicht so viel, dass ich wie ein Pavian aussehe.

Wir haben keine Schere, sagte Imito.

Das stimmt, pflichtete Tham bei, aber es gibt andere Möglichkeiten.

Der Junge verschwand für wenige Augenblicke. Als er zurückkehrte hielt er einen scharf- kantigen Stein und einen am Strand angespülten Haifischzahn in seiner linken sowie ein Büschel scharfschneidiges Seegras in der rechten Hand.

Sie dürfen sich entscheiden, sagte er zu Mikado, Sie dürfen eines der drei Werkzeuge aussuchen, Sie dürfen aussuchen, wer den Eingriff vornehmen soll.

Mikado antwortete nicht. Durch die Schmerzen und den Schreck war er bewusstlos geworden. Versteinert hing er schräg in der Luft, die Rucksäcke fest umklammert.

Es gab keine Zeit mehr zu verlieren. Imito eilte zu Mikado, ihm die Hand zu halten, der Löwe und der Elefant stützten die Arme des Affen und Tham eilte zum Ende des eingeklemmten Schwanzes. Kurzentschlossen griff er nach dem Haifischzahn und zog ihn mit einem kräftigen Ratsch durch das eingeklemmte Schwanzende.

Mikado schrie auf, kurz aber so laut, dass sich einer der beiden Rucksäcke etwas öffnete. Unverändert umklammerte Mikado die beiden Beutel mit seinen vom Schreck gezeichneten kreidebleichen Händen.

Erst nach einer weiteren Weile wagte er, sie auf den Boden zu stellen.

Imito griff nach einem der Rucksäcke. Er war schwer wie eine Bleikugel. Es war unglaublich, wie der Affe ihn hatte tragen können.

Die Puppe ist nicht im Rucksack, stammelte Mikado.

Nicht im Rucksack? Hast du sie verloren?

Nein, sie ist im anderen. Ich musste sie in den anderen Rucksack legen. Öffne ihn, du wirst es verstehen.

Imito riss den zweiten Beutel auf. Obenauf lag die Puppenfigur, die sie von der alten Verkäuferin geschenkt bekommen hatte. Ihr Proviant fehlte.

Hast du die roten Haarspangen?

Mikado nickte und drehte sich um. In seinem Fell steckten die beiden roten Spangen. Inzwischen war Tham nähergetreten. Er wollte prüfen, warum die Rucksäcke so ungewöhnlich schwer waren.

Ich werde es zeigen, sagte Mikado und griff in einen der Beutel. Er zog einen faustgroßen Stein heraus, der wie eine Glaskugel im Sonnenlicht funkelte.

Der alte Kapitän trat näher.

Ein Diamant, kein Zweifel. Vor zehn Jahren in der südlichen See habe ich einen ähnlichen Stein gesehen. Er war nur halb so groß. Haben Sie noch mehr von den Steinen?
Mikado nickte mit dem Kopf und holte weitere wertvolle Diamanten heraus.

Eigentlich sollten wir Sie zurechtweisen, sagte der Junge vorwurfsvoll. Er siezte den Affen wieder. Wir mühen uns ab, Sie herauszuziehen, weil sich die Erde zusammenschiebt, während Sie die Rucksäcke mit schweren Steinen beladen.

Ich bin unsterblich, erwiderte Mikado. Nichts konnte mir passieren! Wovor sollte ich Angst haben?

Sie können auch in einem tiefen Loch unsterblich bleiben und für immer dort leben müssen. Haben Sie nicht daran gedacht? ·

Ich kenne das. Es ist wie in einer schwarzen Kiste. Ein Jahr in einer dunklen Kiste. Wovor sollte ich noch Angst haben. Es wäre dasselbe wie früher.

Nicht ein Jahr. Eine Ewigkeit in der Dunkelheit, erwiderte Tham.

Ob ein Jahr oder eine Ewigkeit, es ist kein Unterschied mehr.

Beendet euren Streit, unterbrach Imito. Vielleicht werden uns die Steine später nützlich sein. Hast du noch andere?

Mikado griff in den zweiten Rucksack. Er brauchte beide Hände, um ein großes, leuchtendes Gebilde hervorzuziehen.

Scharlachrot, meeresblau, violett, smaragden und rubin, silbern und golden leuchtete der Stein.

Ein Opal! rief Schwarzbart erstaunt. Der größte Opal, den ich je gesehen habe.

Ich weiß, erwiderte Mikado. Aber es ist nicht alles. Ein weiteres Mal griff er in den Sack und brachte eine seltsame Glaskugel zum Vorschein. In ihrem Inneren bewegten sich die Kristalle wie die Wellen auf dem Meer. In der Mitte schwamm ein winziger schwarzer Fleck.

Staunend saßen die Freunde davor. Niemand wusste, mit dem seltsamen Stein etwas anzufangen.

Es ist kein natürlicher Stein, stellte Tham fest, er ist bearbeitet worden. Seine Seiten sind geschliffen.

Dann wurde er versteckt. Doch wann? Von wem? Ich dachte, du bist der einzige Mensch auf der Insel.

Tham nickte.

Es gibt eine Überlieferung. Ich habe sie von den Tieren erfahren.

33

Welche?, wollte Imito aufgeregt wissen.

Vielleicht kann uns dieses Papier helfen.

Mikado griff ein letztes Mal in den Rucksack und zog eine alte vergilbte Seite hervor.

Er reichte sie dem Jungen. Tham nahm das Blatt.

Es passt zusammen.

Erzählen Sie, forderte Schwarzbarat. Was passt zusammen.

Alles! Die Überlieferung mit diesem Papier, das Papier mit der Glaskugel, und dass sich ein schwarzer Punkt in der Glaskugel bewegt.

Der Junge setzte sich nieder, die Anderen bildeten einen Halbkreis um ihn herum. Er betrachtete das alte Papierstück und begann zu lesen:

‚Ich schreibe, weil mir nur wenige Tage zum Leben bleiben. Unser Schiff ist zerstört, die anderen verschollen. Ich als einziger übriggeblieben. Von der Mannschaft fehlt jede Spur. Das Unwetter hat von unserem Schiff ein elendes Wrack aus verkohltem Holz hinterlassen. - Gestern habe ich etwas Proviant vom Boot retten können. Der Schatz war unversehrt und ich habe ihn auf die Insel gebracht. In der

Stadt hätte ich mir davon alles kaufen können. Hier nutzt er nichts. Deshalb werde ich ihn vergraben, an einer Stelle, wo ich andere wertvolle Steine vermute. –
Es ist alles geraubt. Wir haben den Schatz vom Schiff des Königs geraubt, der König hat ihn von der Erde rauben lassen. Jetzt bekommt die Erde die wertvollen Steine zurück und der Kreis schließt sich. - Ich habe das Geheimnis der Glaskugel herausgefunden. Sie zeigt die Zukunft. Wenn jemand es glaubt, zeigt sie für ihn die Zukunft. - In vielen Jahren wird ein großes Segelschiff mit drei schwarzen Masten auf der Insel landen. Dann wird sich ein schwarzer Punkt in der Glaskugel zeigen. Mehr habe ich die Kugel nicht gefragt. Es interessiert mich nicht mehr. –
Gestern habe ich eine seltsame Entdeckung gemacht. Auf der Spitze eines Berges befindet sich eine kreisrunde Wiese. Davor ein alter Baum mit großen, rosafarbenen Blüten. Was es zu bedeuten hat, weiß ich noch nicht. - Heute schreibe ich noch einmal. In der Höhle ist es dunkel, die letzten Kerzen sind aufgebraucht. Morgen gebe ich alles der Erde zurück, die geraubten Steine, die Diamanten, auch die Opale

und die Glaskugel. Vielleicht schreibe ich morgen nicht weiter, vielleicht kann ich es nicht. Dann hat mich die Erde selbst in ihren Schoß zurückgenommen.'

Der Junge sah hoch.

Er muss ein Seeräuber gewesen sein. Ein Seeräuber, der vom Unwetter auf die Insel verschlagen wurde.

Tham betrachtete den Affen.

Haben Sie ihn gesehen?

Nein, nur einen Abdruck. Daneben lag ein grüner Stein. Er war klein wie meine Hand. Er war schwer wie ein Fass Blei. Ich konnte ihn nicht anheben.

Wir müssen die Steine wieder vergraben. Sie gehören der Erde. Keinem König, keinem Seeräuber, sie gehören nur der Erde.

Die Steine sind wertvoll. Alles könnten wir kaufen.

Sie gehören uns nicht. Es bringt Unglück. Ich bin lieber arm als die Erde gegen mich zu haben.

Das stimmt. Wir werden sie vergraben.

Aber nicht alle Steine. Die Glaskugel ist zu kostbar. Sie verrät die Zukunft. Ohne Glaskugel können wir nicht leben.

Wir haben bisher ohne sie gelebt. Was hilft es, die Zukunft zu kennen? Sie kommt sowieso, ob wir sie kennen oder nicht.

Schwarzbart nahm die seltsame Glaskugel in die Hand.

Es ist richtig. Die Kugel zeigt, dass es morgen regnet. Es wird morgen regnen, egal, ob ich es weiß oder nicht. Es spielt keine Rolle.

Einer, der weiß, dass es regnen wird, kann sich einen Schirm einstecken. Wer die Zukunft kennt, kann sich besser darauf einstellen, brachte der Affe Mikado zu bedenken.

Sie sind beide im Recht, unterbrach Tham. Ich meine, dass es langweilig wird, wenn man die Zukunft vorher kennt. Jeder weiß alles vorher. Wie langweilig. Wir sollten die Glaskugel der Erde zurückgeben.

Nach vielem Hin und Her beschlossen die Freunde, eine Abstimmung vorzunehmen. Imito und Tham, der kleine Löwe und Schwarzbart stimmten dafür, die Kugel wieder zu vergraben. Nur der Affe Mikado war und blieb gegenteiliger Meinung.

Schwarzbart hielt noch immer die seltsame Glaskugel in seiner Hand.

Einmal werden wir hineinsehen. Einmal die Zukunft vorherwissen. Ich glaube, dieses eine Mal ist sehr wichtig.

Er kniff seine Augen zusammen, hielt die Kugel in die Höhe und blickte hinein. Lange rührte er sich nicht. Die Freunde wurden ungeduldig.

Was siehst du? Erzähl!

Schwarzbart antwortete nicht. Er steckte seine Hand in die Tasche und zog eine Lupe aus seiner Tasche hervor.

Endlich sprach er.

Der schwarze Punkt ist zu klein. Ich kann es nicht genau erkennen. Aber der Punkt wird größer.

Wir warten, bis er groß genug ist.

Nein, uns bleibt nicht die Zeit, sagte Schwarzbart auf einmal.

Durch die Lupe betrachtete der alte Kapitän die glitzernde Kugel mit dem schwarzen Punkt. Er murmelte einige unverständliche Wortbrocken, die niemand verstehen konnte.

Sprechen Sie lauter, sagte Tham. Wenn es wichtig ist, sagen Sie es laut.

Ich sehe ein Boot, ein schwarzes Boot, drei Masten, schwärzer als die Nacht, die Segel dunkel wie das Loch in der Erde, Männer mit zerfurchten Gesichtern, einer von ihnen ist größer, trägt im Gesicht einen wirren Bart, an seiner Seite hängt ein schwarzer Säbel mit roten Tropfkrusten....

Schwarzbart unterbrach. Es reichte. Er hatte genug von der Zukunft gesehen. Das Andere würde er früh genug zu sehen bekommen.

Ich möchte auch hineinschauen, platze es aus Imito.

Tun Sie es nicht, erwiderte Schwarzbart. Es wäre besser, wenn es keiner gesehen hätte.

Der alte Kapitän wies auf das offene Meer. Aus den dunklen Gewitterwolken tauchte ein schwarzer Punkt auf. Er glich sich völlig mit dem schwarzen Punkt in der Glaskugel. Ohne Zweifel, der Piratensegler. Er hatte das Unwetter überstanden und näherte sich mit rasender Geschwindigkeit der Insel.

34

Imito fuhr zusammen. Sie hatte das Boot noch in deutlicher Erinnerung.

Die Überlieferung!, rief der Affe Mikado. Auf dem Papier ist ein schwarzes Boot mit drei Masten erwähnt.

Tham nickte.

Es muss sich um das Schiff handeln, das auf dem alten Papier beschrieben ist.

Was sagt die Überlieferung noch?, fragte Schwarzbart.

Tham blickte traurig auf das Meer.

Sie spricht von dem schwarzen Boot und dass es eine schlimme Zeit über die Insel bringt.

Wir werden es verhindern. Die Überlieferung ist nicht die Zukunft. Alles kann anders ablaufen.

Vielleicht, aber wie?

Es gibt kein Problem ohne Lösung, brummte der alte Schwarzbarat. Die Lösung ist einfach. Jede Lösung ist einfach, nur sie zu finden, ist schwer.

Erzählen Sie! Vielleicht haben Sie auch diesmal Recht.

Schwarzbart sah dem Jungen in die Augen.

Als wir ankamen, haben Sie von einer anderen Überlieferung erzählt.

Ich erinnere mich. Ich sagte Ihnen, dass nur drei Boote nach mir die Insel erreichen werden. Sie waren der Erste, Imitos Boot war das zweite, es fehlt das dritte Boot. Der schwarze Piratensegler wird der Dritte sein.

Ich verstehe Sie nicht. Ich sehe keine Lösung.

Es ist schwer zu verstehen, weil es einfach ist. Ich werde das dritte Boot sein.

Wie?, fragte Tham, es ist wirklich nicht zu verstehen.

Ich werde mit unserem Ruderboot in See stechen. Nach einer kurzen Fahrt komme ich zurück.

Tham nickte.

Jetzt ist es klar. Wenn Sie vor dem Piratenschiff eintriffen, ist Ihr Boot das dritte. Das ist die Lösung. Ich begleite Sie.

Mikado war erstaunt. Der Plan war einfach und klang logisch. Wäre der alte Kapitän zuerst zurück, könnte das Piratenschiff nicht mehr landen. Warum, wusste keiner von ihnen, die Überlieferung besagte es. Vielleicht würde es die Strömung verhindern oder ein Sturm, vielleicht ein weiteres Unwetter.

Schwarzbart und Tham liefen zur Küste. Imito blieb mit dem Affen und dem kleinen Löwen zurück. Sie hatten den Auftrag, die Steine zu vergraben. Die Freunde hatten es beschlossen. Mikado zeigte auf die Erde.

Wir müssen nicht graben. Überall sind Spalten und Risse übriggeblieben. Wir werden die Steine dort hineinwerfen.

Werfen geht nicht. Die Steine könnten zerbrechen.

Dann werden wir ein Seil knüpfen und die Steine herunterlassen.

So geschah es. Aus Schlingpflanzen knüpften sie mehrere lange Schnüre, banden die wertvollen Steine an eines der Enden und seilten sie in die dunklen Spalten ab. Nach und nach erhielt die Erde die Diamanten und schließlich die Glaskugel zurück. Zuletzt folgte der Opal. Bei den anderen Steinen hatten sie den Rest des Seiles in die Spalten fallen lassen. Beim Opal hatte Imito das Gefühl, dass sie anders verfahren sollten. Anstatt das Ende des Seiles für alle Zeiten in der tiefen Spalte verschwinden zu lassen, band sie es an einen kleinen Baum fest. Dadurch konnte sie den Opal jederzeit wieder hochziehen.

Inzwischen hatten Schwarzbart und der Junge die Küste erreicht und das kleine Ruderboot ins Wasser gelassen.

Wie weit müssen wir fahren?, fragte Tham.

Nur ein Stück, bis wir den Meeresgrund nicht mehr sehen können. Danach kehren wir um. Imito beobachtete, wie sich das schmale Ruderboot von der Küste entfernte. Damit näherte es sich auch dem schwarzen Piratensegler, der in rasender Fahrt auf die Insel zusteuerte. Eine andere Möglichkeit blieb ihnen nicht.

35.

Das Wasser war sehr klar. Sie mussten weit rudern, bis sie den grauen Sandboden nicht mehr erkennen konnten. Endlich durften sie kehrt machen. Die Schatten des großen schwarzen Piratenschiffes fielen auf die Wellen und jagten dem Ruderboot entgegen.

Käpt'n, die müssen verrückt sein! Sie greifen uns mit ihrem Boot an. Einer der Seeräuber war vor dem grimmigen Kapitän erschienen und überbrachte die ungewöhnliche Nachricht.

Seitdem sich der Seeräuberkapitän damals zwei rote Haarspangen, die er für wertvoller als Gold hielt, in den Bart gesteckt hatte, wurde er von seiner Mannschaft Rotbart genannt. Er hatte nichts dagegen. Die beiden roten Plastikspangen waren für ihn das Wertvollste auf der Welt. Nie zuvor hatte er dieses seltsame Material in den Händen gehalten. Sein neuer Name Rotbart erinnerte ihn an die kostbaren Stücke.

Sie greifen nicht an, sagte Rotbart. In diesem Moment kehren sie um. Sie wollen uns in eine Falle locken. Wenn wir weiterfahren, laufen wir auf Grund.

Der Piratensegler warf den Anker aus. In Windeseile wurde ein Beiboot ins Wasser gelassen, zwölf Piraten stürzten hinterher und eilten dem kleinen Ruderboot nach. Von der Reling beobachtete Rotbart die Verfolgungsjagd.

Den Kapitän kenne ich, murmelte er. Aber wer ist der Junge? Wir werden es gleich wissen.

Sie haben ihn. Noch drei Meter. Dann sind sie gefangen. Es ist wie in der Kiste, der Deckel ist ein Spalt offen. Die Freiheit liegt vor den Füßen. Sie erreichen sie nicht.

Kurz darauf hatten die Seeräuber das Boot eingeholt. Zwei kräftige Kerle sprangen hinüber und packten die Freunde. Die Insel war ein Stück entfernt und die beiden Boote ruderten zum Piratenschiff zurück.

Sieh an, sagte Rotbart, den einen kennen wir, den anderen nicht. Wir werden viel zu sprechen haben.

Gefesselt wurden Schwarzbart und der Junge an Bord gebracht. Der Tag war alt geworden. Müde hingen die letzten Sonnenstrahlen am Himmel, dunkle Nachtwolken erschienen und verschluckten das Tageslicht in großen Portionen.

Imito beugte sich zum Affen hinunter und flüsterte ihm einen Auftrag ins Ohr.

Bring alles, was die Puppen dir geben. Alles, verstehst du? Vielleicht können wir Tham und Schwarzbart befreien. Ich werde in der Nacht hierbleiben und Wache halten.

Hast du vor der Dunkelheit keine Angst? Ich war ein Jahr in der Kiste. Die Dunkelheit ist nicht angenehm.

Nein, ich habe keine Angst, außerdem bin ich nicht allein.

Mikado verschwand mit dem Löwen zwischen den Bäumen. Lautlos huschten ihre Schatten durch das schlafende Grün. Imito blieb scheinbar allein zurück.

Sie dachte an Tham und den alten Kapitän. Vermutlich hatten die Seeräuber die beiden eingesperrt, in der Pulverkammer, wie es ihr in der ersten Nacht ergangen war. Von Zeit zu Zeit durchzogen seltsame Rufe die schlummernde Nacht. Das Schiff war nicht mehr zu erkennen. Gleichmäßig rollten die Wellen an Land, zogen

Sand und Steine ins Wasser und spülten die Nachttiere des Meeres ans Ufer.

Nicht allein, dachte Imito und betrachtete die leblose Puppe, die sie von der alten Verkäuferin mitgebracht hatte. Sie hätte einiges dafür gegeben, sich mit jemanden unterhalten zu können. Doch die Puppe war leblos, leblos wie Stoff, Holz und Plastik.

Kein Problem ohne Lösung, kam es ihr in den Sinn. Der Lieblingsspruch des alten Kapitäns. Warum kam sie erst jetzt auf die Lösung. Sie brauchte die Puppe nur unter den Baum zu stellen. Sie würde leben, mit ihr sprechen und reden. Bis zur kreisrunden Wiese waren einige Minuten Fußweg zurückzulegen. Der große, vom Unwetter abgebrochene Ast lag auf dem steinigen Boden. Wie eine große Träne stand der Schatten des Baumes in der dunklen Nacht. Imito stellte die Puppe in den Kreis. Die Blüten rührten sich nicht. Das Mädchen wartete vergeblich. Die früher so biegsamen Äste blieben starr, ihre Blüten verharrten festgenagelt in der Luft. Länger konnte sich Imito nicht wachhalten. Sie sank vornüber und schlief in die Nacht hinein.

36

Früh am nächsten Morgen wachte Imito auf. Ihr erster Blick fiel auf die Wiese. Die Puppe war verschwunden. Sie hatte es beinahe geahnt. Mikado und der Löwe standen neben dem Mädchen.

Sie hat fest geschlafen.

Ein Jahr in der Kiste habe ich nicht so tief geschlafen, sagte Mikado.

Auf der Insel gibt es keinen Schlaf, erwiderte der Löwe. Sie hat sich nicht unter den Baum gestellt. Deshalb hat sie geschlafen.

Zum Glück seid ihr zurück, flüsterte Imito, ihre Stimme schlief noch ein wenig. Wo ist die Puppe?

In der Stadt bei den Anderen.

In der Stadt bei den Anderen. Sie hat ihre Freundin gefunden.

Ist sie lebendig? Ich habe sie in den Kreis gestellt. Nichts geschah. Der Baum hat sich nicht bewegt.

In der Nacht ruht der Baum, antwortete der Löwe. Im Morgengrauen haben sich die Äste bewegt. Danach war alles wie immer.

Liegt das Schiff noch vor der Insel?

Sie lassen das Beiboot ins Wasser. In wenigen.
Minuten sind sie an der Küste.

Sind Tham und Schwarzbart dabei?

Nur Schwarzbart. Außerdem ihr Hauptmann
und sechs Seeräuber.

Sie dürfen die Küste nicht erreichen. Sie
wären das dritte Boot.

Was hast du vor?

Ich schwimme ihnen entgegen.

Warum?

Das erkläre ich später. Ich muss mit ihrem
Kapitän verhandeln, bevor sie die Insel erreicht
haben.

Imito lief zum Strand und sprang ins Wasser.
Mit kräftigen Armbewegungen schwamm sie
durch die Wellen und näherte sich dem
Ruderboot. Verwundert blickten die Seeräuber
auf das heranschwimmende Mädchen.

Sie ist wirklich eine Wasserprinzessin, lachte
Rotbart. Holt sie ins Boot.
Zwei Seeräuber zerrten Imito aus dem Wasser.

Eine schöne Insel hast du dir ausgesucht,
sagte Rotbart. Eine schöne und eine
merkwürdige, mit lebenden Puppen.
Er zeigte auf die alte Kapitänsfigur, die auf dem
Schiffsboden hockte.

Das ist gar nichts, antwortete Imito. Auf der Insel gibt es eine Stadt mit Hunderten von lebenden Puppen. Eine Stelle, wo Diamanten und faustgroße Opale in der Erde versteckt sind und eine Glaskugel, die die Zukunft voraussagen kann.

Schwarzbart der alte Kapitän wurde böse.

Verrate nichts. Er wird die Insel zerstören. Menschen zerstören diese Welt.

Interessant, sagte Rotbart, der Seeräuberhauptmann. Es ist besser, wenn du sprichst! Wir haben den Jungen. Woher soll ich wissen, ob du mich nicht belügst?

Ich werde es Ihnen zeigen. Das Boot und Ihre Männer müssen hierbleiben. Das ist meine Bedingung.

Dann bleibt der kleine Kapitän auch im Boot, befahl Rotbart. Anders gibt es keinen Handel. Mit Handschlag besiegelten sie die Vereinbarung und der Seeräuber sprang sofort ins Wasser. Imito folgte ihm. Schwimmend erreichten beide die Küste.

Mikado und der Löwe hatten sich versteckt. Imito kannte ihren Geheimplatz. Sie holte den verstörten Löwen hervor und zeigte ihn dem Piratenhauptmann. Ein Löwe groß wie ein Fuß. Ihr werdet Tonnen von Gold verdienen, wenn Ihr den Löwen bei den Menschen zeigt.

Rotbart nickte.

Ich nehme ihn später mit.

Imito zeigte dem Seeräuber die Stelle, wo der Opal in der Erdspalte hing. Sie zog das lange Seil mit dem wertvollen Stein heraus. Habe ich Ihnen zuviel versprochen?

Rotbart war sprachlos.

Der Stein ist schön. Hast du andere, ich meine aus demselben Material wie die beiden Haarspangen?

Einen ganzen Sack voll!

Ich will ihn sehen.

Erst sollen Sie meine Bedingungen hören.

Sprich!

Sie rudern mit dem Boot zurück. Dann holen Sie den Jungen und bringen auch den alten Kapitän wieder mit. Vier von Ihren Männern dürfen Sie begleiten.

Sie dürfen keine Waffen tragen. Wenn Sie zurückkommen, gebe ich Ihnen einen Beutel mit Schmuck aus demselben Material wie die Spangen. Den Jungen und den alten Kapitän lassen Sie frei und verschwinden wieder auf Ihr schwarzes Piratenschiff. Das sind meine Bedingungen.

Rotbart überlegte.

Wie einfältig das Mädchen war! Er würde ihre Bedingungen erfüllen, dann auf sein Boot zurückkehren und einen Tag später erneut auf die Insel kommen, um sie in Besitz zu nehmen.

Ich bin einverstanden.

Geben Sie mir Ihr Ehrenwort.

Mit einem erneuten Handschlag besiegelten beide den Vertrag. Imito bestand jedoch darauf, ihn auch schriftlich festzuhalten.

Wie willst du das anstellen, lachte sie der Piratenhauptmann aus. Ich sehe hier keine Schreibtische, keine Stühle, wo wir uns hinsetzen können, keinen Fetzen Papier, kein Tintenfass, kein Federkiel zum Schreiben.

Imito erinnerte sich an den scharfen Haifischzahn. Er lag nur einen Meter von ihr entfernt. Sie hob ihn auf und hielt ihn dem Piraten unter seinen schwarzen Bart.

Damit werden wir es in einen Baum einritzen.

Unwillig willigte Rotbart ein. Alles kostete Zeit. Zeit war für ihn kostbar, möglichst schnell wollte er all die Kostbarkeiten in seinen Besitz nehmen. Außerdem war er nur wenig des Schreibens kundig.

Aber du schreibst, befahl er, ich habe für solchen Firlefanz nichts übrig und auch keine Zeit.

So ritzte Imito die Worte des Vertrages in einen Baum, von dem sie wusste, dass dieser schnell wuchs. Dabei würden auch die eingeritzten Worte in die Höhe schießen. Kein Seeräuber, kein Mensch würde sie mehr finden oder wegkratzen können. Worte für die Ewigkeit. Nur die Affen des Urwalds würden die für sie seltsamen Zeichen erblicken, wenn sie hoch oben durch den Urwald streiften.

Wo liegt die Stadt mit den Puppen?, unterbrach Roothbarat ungeduldig die letzten Schriftzüge des Mädchens.

Hinter diesem Hügel.

Und du sagst, in ihr wohnen Hunderte von lebenden Puppen?

Imito stieg auf den Berg und zeigte nach unten.

Zwischen den kleinen Hütten bewegten sich die ahnungslosen Figuren. Irgendwo dort unten steckten auch ihre beiden.

Lass uns zurückkehren, drängte der Seeräuber. Wir haben Einiges zu tun.

Auf dem Rückweg kamen sie an der kreisrunden Wiese mit dem lebensspendenden Baum vorbei.

Ein seltsamer Platz, stellte Rotbart fest. Ich will mir den Baum genauer ansehen.
Es gab ein Gesetz. Wenn der Seeräuber unter den Baum läuft, würde er unsterblich werden. Ein Pirat, der immer leben, immer ein Pirat sein würde.

Sie wollten sich beeilen, warf Imito ein. Ich kann Ihnen das Geheimnis des Baumes erklären, später, beim nächsten Mal.

37

Sie liefen weiter zur Küste. Argwöhnisch betrachtete Rotbart den Weg und die Umgebung. War das Mädchen wirklich so einfältig oder versuchte sie ihn hereinzulegen? Wie früher auf dem Boot, als sie sich verrückt gestellt hatte? Aber der Seeräuber konnte nichts Verdächtiges entdecken. Die Bedingungen erfüllen, ist leicht, dachte er. Einen Tag später komme ich zurück und nehme die Insel in Besitz.

Am Ufer winkte Rotbart das Boot heran. Er wollte kein zweites Mal schwimmen müssen. Imito musste ihn umstimmen. Wenn das Boot jetzt landen würde, wäre es das dritte und letzte. Ihr Plan war in Gefahr.

Ich schlage vor, dass wir schwimmen, schlug Imito vor. Vorhin habe ich auf dem Grund des Meeres eine Kette gesehen. Vermutlich ist sie aus demselben Material wie die beiden roten Spangen.

Roothbarat ließ sich umstimmen. Er befahl den anderen Seeräubern anzuhalten und sprang ins Wasser. Auf halber Strecke tauchte Imito weg. Eine Minute später erschien sie wieder über der

Wasseroberfläche und zeigte zwei Halsketten, eine gelbe und eine grüne. Sie waren aus demselben Material wie die Spangen, aus einfachem, billigem Plastik. Aber der Seeräuber hielt es für das wertvollste Material der Erde, weil er nie zuvor solche Gegenstände gesehen hatte. Es glänzte wie Gold, war leicht wie eine Feder und biegsam wie ein Schwanenhals.
Am Boot angekommen, ließen sich beide in das schmale Schiff hieven. Imito schenkte dem Seeräuber die grüne Halskette.

Die gelbe schenke ich Ihnen, wenn Sie den alten Kapitän gleich mitkommen lassen.

Ohne viel nachzudenken, war Rotbart einverstanden.

Sollen wir euch zur Insel fahren?, fragte er übertrieben höflich.

Nein danke, wir schwimmen, erwiderte Imito.

Wie du meinst. Ich würde davon abraten.
Der Seeräuber zeigte auf die Wellen, die von einer einzelnen spitzen Haifischflosse zerfurcht wurden. Imitos Plan schien endgültig zu scheitern. Unverhofft beugte sich der alte Kapitän über den Bootsrand. Er legte seinen Mund auf die Wasseroberfläche, stieß einige seltsame Laute aus und blickte auf das offene

Meer. Keine zwei Minuten später war der Raubfisch verschwunden.

Eine Puppenfigur, die lebendig ist und mit den Haifischen spricht, dachte der Seeräuber. Die Insel ist ein Schatz. Bald wird alles mir gehören. Schwarzbart, der alte Kapitän, sprang ins Wasser, zögernd folgte ihm das Mädchen. Lautlos erreichten sie den Strand, während das Ruderboot zum schwarzen Piratensegler zurückkehrte. Am Ufer wartete bereits Mikado mit dem kleinen Löwen.

Du bist klug, sagte Schwarzbart.
Er meinte das Mädchen, das in nassen Kleidern neben ihm stand.

Sprich nicht mit ihr, entgegnete der kleine Löwe. Sie hat unsere Insel verraten. Alles hat sie dem Seeräuber gezeigt. Sogar die Stadt mit den Puppen, die Stelle mit den vergrabenen Steinen.
Deshalb ist sie klug.
Warum? Ich verstehe dich nicht.
In einigen Stunden wirst du Bescheid wissen.

38

Auf dem Piratensegler versammelte Rotbart seine Mannschaft. Er erzählte, was er auf der Insel entdeckt hatte. Von der Stadt mit den lebenden Puppen, vom Hügel mit den Erdspalten, wo kostbare Steine an langen Seilen im Boden hingen, von den winzigen Vögeln und den großen Schmetterlingen, der seltsamen runden Wiese mit dem rosafarbenen Baum, vom Löwen, der nur so klein wie sein Fuß war und von den beiden Halsketten, die das Mädchen aus dem Meer geholt hatte.

Er versuchte, die Ketten um seinen breiten Hals zu legen. Sie waren viel zu eng, gehörten sie doch zu zwei zierlichen, schmalen Puppen. Er ließ sich die Ketten zu einer zusammenbinden und versuchte es erneut. Jetzt passsten sie einigermaßen. Rotbart erzählte von der Vereinbarung, die er mit dem Mädchen getroffen hatte und wie leicht es sein würde, die Insel einen Tag später in Besitz zu nehmen. Und er erzählte von seinen Plänen:

Die Insel ist der größte lebende Schatz. Die Puppen werden unsere Dienerinnen. Wen wir nicht brauchen, verkaufen wir an Sklavenhändler. Eine lebende Puppe ist mindestens eine Tonne Gold wert.

Die anderen Seeräuber nickten. Die Kinder würden ihr ganzes Taschengeld geben, um eine lebende Puppe zu bekommen.

Ach, was redet ihr von dem lumpigen Taschengeld, fluchte Rotbart. Ihre Eltern sollen eine Tonne Gold bezahlen. Eine Tonne für eine Puppe, das ist das Mindeste. Außerdem werden wir einen Zirkus gründen. Eine Vorstellung mit den Puppen, dem kleinen Löwen und diesem alten Kapitän. Er soll eine Nummer vorführen, wie sie die Welt noch nie gesehen hat. In einem Wasserbecken mit zehn Haifischen. Er scheint sich mit diesen Raubfischen zu verstehen.

Einhellig nickten die anderen Piraten.

Rotbart hielt die Kette in die Höhe.

Als Eintritt nehmen wir ein Schmuckstück aus diesem Material.

Wieder stimmten die Anderen zu.

Zum Schluss reichte Rotbart den wertvollen Opal herum. Zu seiner Mannschaft gehörte ein Seeräuber, der seit Menschengedenken über die Meere fuhr. Als er den Opal in seinen Händen hielt, wurde es plötzlich still wie in einem Grab. Er befühlte mit seinen alten Händen die glatte

Oberfläche und fuhr mit seinen Fingern unendlich viele Male über dieselbe Stelle.

Was machst du?, fragte Roothbarat etwas unwirsch.

Es ist das Zeichen, erwiderte der alte Pirat. Der Opal trägt das Zeichen.

Welches Zeichen?

Das Zeichen von König Somatos. Vor Hunderten von Jahren haben Räuber seinen riesigen Schatz gestohlen und vermutlich auf einer Insel versteckt. Dazu gehörte auch eine Glaskugel, mit der die Zukunft geweissagt werden kann.

Das Mädchen erzählte von der Kugel, unterbrach ihn Rotbart. Erzähl uns mehr von diesem Schatz.

Man kann ihn nicht beschreiben. Wer ihn sieht, wird sein Leben lang darüber staunen, wird jede Nacht von seiner Schönheit träumen.

Dann werden wir noch heute die Insel in Besitz nehmen, brummte Rotbart. Ich will die Zukunft in der Glaskugel sehen.
Er ließ den Jungen holen und setzte sich, wie vereinbart, mit vier unbewaffneten Seeräubern ins Beiboot. Ungeduldig trieb er die Männer an, zur Küste zu rudern.

Imito wartete am Ufer. Neben ihr standen Schwarzbart, Mikado und der Löwe. Die Spitze des Bootes setzte auf dem weißen Sand auf. Der Seeräuber ließ Tham frei und winkte Imito zu sich.

Wo ist der Beutel mit dem Schmuck?
Das Mädchen reichte ihm ein Tuch, das zu einem kleinen Paket geschnürt war.

Sie hatte Mikado und den Löwen in der letzten Nacht zu den Puppen geschickt, um Schmuck für die Befreiung von Tham und Schwarzbart zu sammeln. In diesem Moment tauchten zwei Puppen am Strand auf. Eine von beiden schluchzte leise, die zweite hielt sie an der Hand. Beide trugen eine rubinrote Spange in ihren Haaren. Zum ersten Mal seit langer Zeit sah Imito ihre Puppen wieder.
Rotbart zeigte auf die Spangen.

Sie gehören dazu!
Imito schüttelte den Kopf.

Es war nicht vereinbart.
Egal, dachte Rotbart. Ich werde mir die Spangen später holen.

So, zeterte der Seeräuber, dann erzähl' ich dir, was auch nicht vereinbart war. Du sollst nicht denken, dass der große Seeräuberhauptmann Rotbart sein Ehrenwort bricht. Wir haben vereinbart, dass der Junge mit dem alten Kapitän freikommt. Hier sind sie. Wir haben vereinbart, dass ich danach wieder auf mein Schiff zurückkehre. Das wird geschehen. Aber wir haben nicht ausgemacht, dass ich die Insel nie mehr betreten darf.

Schwarzbart trat vor und sah Imito in die Augen.

Sie sind verrückt. Wie konnten Sie diese Vereinbarung treffen?,

beschimpfte Schwarzbart sie.

Ich war zu aufgeregt, jammerte Imito. Ich wollte Tham und Sie unbedingt frei bekommen. Alles ist verkehrt verlaufen.

Das Mädchen drehte sich zum Seeräuber.

Lassen Sie uns bitte die Vereinbarung neu treffen. Sie versprechen, dass Sie die Insel nie mehr betreten, dafür bekommen Sie die beiden rubinroten Haarspangen.

Und mich bekommen Sie hinzu, sagte der Affe. Auf einmal verstand jeder der Freunde Imitos Plan.

Und mich, bot der kleine Löwe an. Ich komme freiwillig auf Ihr Schiff, wenn Sie die Insel nicht mehr betreten.

Ich stehe ihnen zu Diensten, sagte Schwarzbart unterwürfig. Zu der gleichen Bedingung. Ich habe dreißig Jahre See-erfahrung.

Der Seeräuber schüttelte den Kopf, vor Lachen konnte er sich kaum auf seinen stämmigen Beinen halten.

Wenn ich es will, müsst ihr sowieso beim nächsten Mal mitkommen. Ich fahre zurück, wie wir es vereinbart haben. Aber in einer Stunde bin ich mit allen meinen Männern wieder hier.

Alle Seeräuber sprangen zurück ins Boot. Hastig ruderten sie weg. Die Freunde sahen sich an.

Sie ist klug, begann Mikado und zeigte auf das Mädchen.

Sie ist wirklich klug, fügte Schwarzbart hinzu.

Ja, pflichtete Tham ihnen bei, der Plan war ausgezeichnet.

Nach der Überlieferung konnten nur noch drei Boote auf der Insel landen. Das kleine Ruderboot der Seeräuber war das dritte.

Sie können nicht noch einmal auf die Insel kommen.

Ich muss mich entschuldigen, knurrte der kleine Löwe mit schuldiger Mine Imito zu. Vorhin war ich auf dich böse. Ich dachte, du verrätst unsere

Insel. Jetzt verstehe ich dich. Es gehörte zu deinem Plan.

Schon recht, erwiderte Imito. Wer einen verrückten Plan ausheckt, muss in Kauf nehmen, dass Andere auf ihn böse sind. Ich wollte dir alles erklären, die Zeit war zu knapp.

Wie erwartet legte der Seeräuberhauptmann nur kurz am großen Segelschiff an. Er befahl, alle Beiboote ins Wasser zu lassen und ruderte mit seiner vollzähligen Mannschaft zur Insel.

39.

Hundert Meter vor der Küste bekam das erste Ruderboot Schwierigkeiten, den Kurs zu halten. Aus der Tiefe des Meeres brodelte eine seltsame Strömung nach oben und trieb die Boote vom Strand weg. Durch das Brausen der Wellen drangen die lauten Flüche der Seeräuber. So sehr sie sich abmühten, die Strömung ließ sie nicht mehr an Land.

Sie können schwimmen, sagte der kleine Löwe ungeduldig. Was ist, wenn sie zu uns schwimmen? Die Überlieferung sagt nur, dass kein Boot mehr die Insel erreichen wird.

Die Strömung ist zu stark. Sie werden es nicht schaffen.

Nein, sagte Tham, an einigen Stellen lässt sich die Strömung überwinden. Sonst könnten wir nicht die ankommenden Puppen aus den Booten retten, bevor sie in der Strömung abtreiben.

Sie werden nicht schwimmen. Der alte Kapitän steckte seinen Kopf ins Wasser und stieß wieder die seltsamen Laute ins aufgewühlte Meer. Kurz darauf erschienen mehrere spitze Haifisch-flossen.

Gegen die Strömung hatten die Piraten keine Chance. Schwimmen konnten sie wegen der Haifische ebenfalls nicht. Mit Mühe retteten sie sich auf ihren schwarzen Segler. Rotbart war außer sich. In grimmigem Zorn blickte er zur Insel. Unmerklich schob die starke Strömung das Segelschiff aufs offene Meer, obwohl sie noch nicht den Anker gelichtet hatten.

Sie besitzen Kanonen. Er ist wütend. Beides ist gefährlich.

Das Boot ist zu weit entfernt.

Aus der Seitenwand des schwarzen Piratenseglers schoben sich die dunklen Kanonenrohre ins Freie. Der laute Knall der explodierenden Lunten ließ die Luft vibrieren. Aber das Schiff war bereits zu weit entfernt. Wie große Hagelkörner verpufften die Kanonenkugeln weit von der Insel entfernt in den Wellen.

Noch lange konnten die Freunde beobachten, wie das Piratenboot versuchte, gegen die Strömung zur Insel zu gelangen. Mehr und mehr wurde es abgetrieben und verschwand schließlich hinter dem Horizont.

Der Punkt ist weg!

Welchen meinen Sie?

Den Punkt in der Glaskugel. Wollen wir nachsehen? Sie hängt in der Erdspalte.

Lasst sie der Erde. Die Kugel gehört der Erde.

Ich möchte wissen, ob ich wieder zu meinen Eltern zurückfinde?

Sie werden es wissen. Ich habe ein gutes Gefühl.

Ihr Gefühl ist wie die Glaskugel. Es kennt die Zukunft.

Ja, aber mein Gefühl steckt nicht in einer Erdspalte. Sie haben den Opal! Er gehört der Erde. Die Erde wird ihn sich holen.

Meinen Sie?

Ich bin dreißig Jahre zur See gefahren. Vieles ist geschehen. Ich weiß von Erdbeben unter dem Meer. Riesige Spalten taten sich im Meeresboden auf und verschluckten große Segelschiffe.

Dann ist es gefährlich, wenn die Seeräuber mit dem Opal übers Meer fahren?

Vielleicht! Die Erde nimmt sich zurück, was ihr gehört.

Schwarzbart, sagte Tham, Sie müssen die Haifische wegschicken. Ich kenne sie nicht. Morgen steige ich wieder ins Wasser, um neue Puppen zu retten.

Der alte Kapitän holte einen kleinen Beutel aus seiner Tasche und befestigte ihn mit einem Stein. Er warf den beschwerten Beutel ins Wasser.

Was tun Sie?

Im Beutel ist ein Pulver. Es löst sich im Wasser. Die Haifische können diesen Geruch nicht ausstehen.

Wie lange reicht es?

Ein Jahr.

Und danach?

Ich werde Ihnen die Pflanze zeigen, aus der Sie das Pulver herstellen können.

Schwarzbart behielt Recht. Kaum war der Beutel im Meer verschwunden, da entfernten sich auch schon die Haifische.

Imito war traurig.

Morgen muss ich die Insel verlassen.

Warum?

Meine Eltern kommen zurück. Sie werden sich große Sorgen machen, wenn ich nicht zu Hause bin.

Ich weiß, sagte Tham. Meinen Eltern muss es genauso ergangen sein.

Nicht nur Ihren Eltern. Ihre Schwester trauert noch immer.

Woher wissen Sie, dass ich eine Schwester habe?

Ich habe meine Puppen bei ihr gekauft. Sie hat mir Ihre Geschichte erzählt.

Ja, es liegt lange zurück. Wissen Sie, wie es ihr geht?

Sie ist alt. Vielleicht wird sie bald sterben. Sie trauert noch immer.

Um mich?

Ja, die Trauer hat sie alt gemacht. Ich habe eine Botschaft von ihr.

Eine Botschaft? Sie weiß nicht, dass ich noch lebe!

Sie hofft es.

Wir müssen alles besprechen. Lasst uns in die Stadt umkehren. Dort werden wir alles besprechen.

Tham lief vorneweg. An seiner Seite begleiteten ihn der Affe Mikado und der kleine Löwe. Dann folgte Imito, die an ihren Händen die beiden Puppen hielt. Zuletzt kam der alte Kapitän Schwarzbart.

Es ist vorbei. Wenn sie die Insel verlässt, kann sie nicht mehr zurückkommen. Die Überlieferung

hat sich erfüllt. Nur drei Boote. Kein Schiff wird
die Insel erreichen. Nie mehr.

40.

In der Stadt versammelte Tham die Puppen zu einer großen Ratsversammlung. Imito berichtete von ihrer Reise, vom Laden der alten Puppenverkäuferin und dass sie Thams Schwester sei. Sie erzählte von ihren Eltern, die bald von der Reise zurück sein würden.

Ich muss vorher nach Hause fahren. Morgen in der Früh reise ich ab.

Dann fragte Imito den Jungen.

Hast du dir überlegt, ob du mitkommst?

Es war eine schwere Entscheidung. Er wollte gern bei den Puppen bleiben, ihnen helfen, wenn neue Puppenboote vorbeikamen. Auf der anderen Seite wollte er unbedingt seine Schwester wiedersehen.

Fahren Sie mit ihr, sagte der alte Schwarzbart. Ich werde auf der Insel bleiben. Der Affe Mikado wird mir helfen. Außerdem denke ich, dass die Puppen allein zurechtkommen.

Werden Sie sich wohlfühlen? Sie sind dreißig Jahre über das Meer gefahren. Da ist eine Insel wie ein Käfig.

Ich glaube, ja. Hier gibt es viel zu entdecken. Ausgrabungen kann ich durchführen, die Wälder durchstreifen, unbekannte Tiere studieren. Vielleicht finde ich einen Fluss, der breit genug ist, um mit einem Holzfloss darauf zu fahren.

Ich möchte sie noch einmal sehen, sagte der kleine Löwe zu Tham. Früher hat sie mir das Fell gebürstet. Es war schön.

Eine der Puppen löste sich aus dem Kreis und stellte sich neben Tham. Ihre schwarzen Locken fielen wie Zuckerkringel auf die Schulter, ihre Nase wirkte wie ein lustiger Fisch, der neugierig durch die Luft schnupperte, ihre Augen sahen aus wie zwei runde Kugeln aus einem kostbaren Glasstein.

Wer ist sie?, fragte Imito ihre Puppe.

Wegen ihr ist Tham ins Wasser gesprungen.

Das hat er für viele von euch getan.

Ich meine zum ersten Mal. Sie ist die Puppe seiner Schwester. Tamishi ist ihr Name. Außerdem ist sie meine zweitbeste Freundin.

Wir sind vollzählig, sagte Tham. Sie wird uns begleiten.

Imitos Puppe zog am Ärmel des Mädchens.

Wenn Tamishi mitfährt, werde ich sie begleiten. Sie ist meine zweitbeste Freundin.

41.

In der Nacht ruhten die Freunde. Imito legte sich zu ihren Puppen in die rosafarbene Hütte. Schwarzbart richtete sich sein Nachtlager am Feuer. Tham begab sich mit dem Affen Mikado und dem kleinen Löwen auf die Spitze des Berges und beobachtete die schwarzen Wellen.

Es ist seltsam. Ohne Schlaf ist es seltsam. Ich habe das Gefühl, dass ich bald schlafen werde.
Mikado blickte den Jungen an.

Ich habe lange geschlafen. Jahre in der dunklen Kiste. Ich vermisse den Schlaf nicht.
Tham sah in die Nacht. Seine Augen drangen durch die Dunkelheit und erspähten die ersten Morgenschleier am Horizont.

Lasst uns gehen. Ich werde die Insel verlassen. Meine Schwester, sie ist alt. Sie wartet.
Mikado und der Löwe nickten. Wortlos stiegen sie vom Berg und versuchten, ihre traurigen Gedanken an den Abschied zu vergessen.
In der Stadt wartete Imito mit den Puppen. Schwarzbart stand neben dem Mädchen und blickte den traurigen Jungen an.

Sie müssen mir versprechen, dass Sie die Insel beschützen.

Der alte Kapitän nickte.

Ich werde auf sie Acht geben, als wäre sie das wertvollste Segelschiff der Welt.

Danach liefen sie zum Strand. Tamishi, die Puppe, die Tham zuerst begleitet hatte, bestand darauf, mit ins Boot zu steigen. Auch Imitos beide Puppen ließen sich nicht davon abbringen, mitzufahren. Der kleine Löwe schloss sich ebenfalls an und nur der Affe Mikado blieb bei den anderen Figuren auf der Insel. Wortlos stiegen sie ins kleine Boot und ruderten gegen die geheimnisvolle Strömung, die sie auf die Insel getragen hatte. An den Hütten standen die Puppen und winkten ihnen nach.

Schwarzbart sah Tham in die traurigen Augen.

Eine Lösung, murmelte er. Es gibt kein Problem ohne Lösung. Die Traurigkeit ist ein Problem. Es wird eine Lösung geben. Damals, wir fuhren das erste Mal über ein unbekanntes Meer, plötzlich überkam jedem auf dem Schiff eine seltsame Traurigkeit, die aus dem Wasser aufstieg und in unsere Gesichter kroch. Damals, auf dem Meer der Traurigkeit, wir wussten nicht, wie wir wieder heraus ....

Die Worte des alten Kapitäns wurden immer leiser und versanken in den Wellen des weiten Ozeans, denn das schmale Schiff entfernte sich schnell von der Insel.

Gedankenverloren betrachtete Imito die drei Puppen. Irgendetwas kam ihr seltsam vor. Sie verstand es nicht, noch nicht. Mit jedem Meter, den sich das Boot von der Insel entfernte, wurden die Bewegungen der Puppen weniger, ihre Unterhaltung spärlicher. Auf einmal saßen sie wie versteinert am Rand des Bootes. Imito griff nach der Hand ihrer Puppe. Leblos wie ein Schlauch aus Stoff, ruhte der Puppenarm zwischen ihren Fingern. Die Puppen waren wie früher geworden, zu einem leblosen Gebilde aus Stoff, Wolle, Holz und Kleidern. Auch der kleine Löwe rührte sich nicht mehr. Mit weit aufgerissenen Augen, die Vorderpfoten von sich gestreckt, lag er auf den Schiffsbrettern.

Tham, rief Imito und drehte sich nach dem Jungen um. Haben Sie gesehen, was mit den Puppen geschehen ist?

Als Imito Tham ansah, erschrak sie zuerst. Im nächsten Augenblick begriff sie, was geschehen war. Vor ihr saß ein alter Mann mit weißen Haaren und müden, grauen Augen. Einige Züge seines

Gesichts erinnerten noch an die Lebendigkeit eines zehnjährigen Jungen. Alles andere war mit einem Gewand aus Siebzig-Jahre-Alter überzogen.

Ich habe es gewusst, sagt der alte Mann mit einer tiefen, ruhig dahinfließenden Stimme.

Sie haben alles gewusst?, fragte Imito, und trotzdem haben Sie die Insel verlassen?

Ja, sagte der alte Mann. Ich konnte wählen. Ich konnte wählen, der Junge zu bleiben. Ich konnte wählen, noch einmal meine Schwester zu sehen, die Insel zu verlassen, alt zu werden.

Sie hörten das dumpfe Plätschern, mit dem das Wasser auf dem nahegelegenen Strand aufschlug. Imito erkannte die Umrisse des Bootsverleihs, wo sie sich das alte Ruderschiff gemietet hatte.

Wir sind da, sagte das Mädchen!

Ja, erwiderte der alte Mann, ein letztes Mal bin ich angekommen.

42.

Am Strand trennten sie sich. Der alte Mann ging in die Stadt, um seine Schwester aufzusuchen. Imito gab das Boot zurück und kehrte nach Hause um. Aus ihrem Rucksack ragten die Köpfe der drei leblosen Puppenfiguren hervor, zwischen ihnen steckte der kleine Löwe.

Zu Hause angekommen, lief Imito gleich in ihr Zimmer und verschwand hinter den alten Kisten, in denen ihr Spielzeug lag. Sie sammelte alle Stofftiere heraus, die sie finden konnte. Die Puppen würden sich über die neuen Tiere freuen, Tiere, die es noch nicht auf der Insel gab.

Zwischen all den Sachen hockte die Holzfigur eines Königs. Ein glänzendes Gewand hing über seinen Schultern, auf dem schweren Kopf ruhte eine goldene Krone.

Am nächsten Tag lief Imito zum Strand. Sie hatte sich mit dem alten Mann verabredet, der mit seiner Schwester bereits wartete. Sie legten Imitos Stofftiere in ein kleines Holzboot, dazu einige Puppen, die Thams Schwester, die alte Verkäuferin, mitgebracht hatte. Zuletzt stellten sie den kleinen Löwen und die drei Puppenfiguren ins Schiff.

Meinst du, das Boot wird die Insel erreichen? Tham nickte.

Schwarzbart, der alte Kapitän, ist ein guter Seefahrer. Er wird die Figuren aus der Strömung retten.

Und die drei Puppen und der Löwe, werden sie wieder lebendig?

Ja, antwortete Tham, sie haben es verdient. Imito hielt den Holzkönig in die Luft.

Soll ich ihn ins Boot packen? Der alte Mann blickte in die dunklen Augen der Figur. Dann legte er den Holzkönig in den Korb am Strand zurück.

Lass ihn bei dir, sagte er zu Imito. Die Insel kann ohne einen König leben.

Das Mädchen holte einen kleinen Beutel und stellte ihn ins Boot.

Schmuck?, fragte Tham, der alte Mann.

Ja, sagte Imito, Schmuck aus Kunststoff.

Du hast an alles gedacht, erwiderte Tham. Wenn Rotbart mit seinem Piratensegler auf das Boot stößt, wird er den Schmuck nehmen und das Holzboot weiterfahren lassen.

Ja, entgegnete Imito. Ich habe ihm einen Zettel geschrieben. Er darf den Schmuck behalten, wenn er die Figuren weiterfahren lässt. Er ist ein richtiger Seeräuber, der sein Wort hält, auch wenn er manchmal böse wird.

Der alte Mann stieß das Boot vom Ufer ab. Vom Grunde des Meeres tauchte die geheimnisvolle Strömung an die Oberfläche und trug das kleine Holzschiff fort. Die Wellen führten es auf die Weite des Meeres hinaus und der Horizont öffnete sich einen kleinen Spalt weit, um das Boot in eine andere Welt hindurchzulassen.
Dann verschloss sich der Horizont wieder. Das Blau des Himmels verband sich mit dem Blau des Meeres zu einer Wand, hinter der das Holzboot mit den Figuren verschwunden blieb.

ENDE

Biografie

Ich wurde in Berlin geboren. Nach dem Abitur in Berlin habe ich Medizin in Berlin und München studiert und war nach meinem Studium ca. 40 Jahre in der Medizin tätig. Seit Ende 2023 bin ich berentet. Während meiner Berufstätigkeit habe ich nebenher eine Reihe von Manuskripten verfasst, ein Jugendbuch, Kinderbücher, Romane und Gedichte.
Einige sind seitdem über einen Self-publishing-Verlag veröffentlicht worden.

<><><><><><>

Neben einer Reihe von Gedichtbänden hat der Autor folgende Prosa-Texte veröffentlich:

Max abenteuerliche Reise zum Ich – eine kurze weite Reise

Jugendroman, 112 Seiten, Max lebt in schwierigen sozialen Umständen, weder darüber noch über den Grund wird in der Familie gesprochen. Langsam kommt Max selbst hinter das „Geheimnis" und lernt, sich trotzdem zur Familie zu bekennen. Auch als Schulbuch geeignet.

Manu's Reise mit dem Tod
eine Fuge durch die Zeit

Roman, 256 Seiten, verschiedene Lebenslinien aus dem Leben einer Frau, fugenartig verwoben, Ereignisse des Todes in ihrem Leben und ein weiterer Handlungsstrang über verschiedene Rituale zur Zeit des Todes in verschiedenen Kulturen (auch in Englisch erhältlich „Manu´s Journey with Death").

Roxanna
Das verhängnisvolle Geheimnis der Mordbücher

Kriminalroman, 150 Seiten, eine etwas ungewöhnliche Kommissaren löst mehrere Mordfälle, deren Spuren sich zwischen England und Frankreich bewegen bis zur möglichen Lösung in einem alten Buch in der vatikanischen Bibliothek.

Roxanna
Und der dunkle Mönch

Kriminalroman, 140 Seiten. Ihren ersten Fall hat sie gelöst, da legt das Leben, besser gesagt der Tod, einen weiteren Fall auf ihren Schreibtisch. Dadurch kommt sie mit einem wohlbegüterten englischen Gentleman und dessen Mönch in Berührung. (Auch in Englisch erhältlich „Roxanna and the Mysterious Monk")

Die Christyllische Weihnacht –
Weihnachten wie immer (und) anders

27 Kurzgeschichten mit je einem Bild, zu jedem Tag vom 1.-26. sowie 31. Dezember; sehr abwechslungsreiche Geschichten von Weihnachten im Kaufhaus, bei den Schildbürgern, in einem neuen Märchen, als Science-Fiction und Weihnachtsgeschichten zur Zeit der Geburt Jesu. So abwechslungsreich, dass für jeden und jedes Alter etwas dabei ist (auch in Englisch erhältlich).

Der gordische Liebesstamm

Ein 30-jähriger Bankangestellter nimmt sich in seiner Freizeit den Nöten seiner Mitmenschen an. Darüber kommt er mit einer jungen Frau in Kontakt, einer Prostituierten, die er zunächst als „Hilfsmittel" benötigt. Natürlich entwickelt sich zwischen beiden Liebe, die aber aus einem bestimmten Grund unerfüllt bleibt, bleiben muss. An wenigen Stellen handelt es sich auch um eine beschreibende Darstellung verschiedener „Erscheinungsformen der körperlichen Liebe, der Sexualität" in unterschiedlichen Kulturen, Zeit- und Lebensaltern.